江湖小侠传
现代奇人传

武侠宗师平江不肖生作品集

平江不肖生——

著

团结出版社
UNITY PRESS

图书在版编目（ＣＩＰ）数据

　　江湖小侠传；现代奇人传 / 平江不肖生著 ． -- 北
京：团结出版社，2020.6
　　ISBN 978-7-5126-7703-6

　　Ⅰ．①江… Ⅱ．①平… Ⅲ．①侠义小说－小说集－中
国－现代 Ⅳ．① I246.5

　　中国版本图书馆 CIP 数据核字（2020）第 006153 号

出　　版：团结出版社
　　　　　（北京市东城区东皇城根南街 84 号　　邮编：100006）
电　　话：（010）65228880 65244790（出版社）
　　　　　（010）65238766 85113874 65133603（发行部）
　　　　　（010）65133603（邮购）
网　　址：http://www.tjpress.com
E-mail：zb65244790@vip.163.com
　　　　　fx65133603@163.com（发行部邮购）
经　　销：全国新华书店
印　　装：三河市三佳印刷装订有限公司

开　　本：165mm×230mm　　　　16 开
印　　张：13.25
字　　数：193 千字
印　　数：1-4000
版　　次：2020 年 6 月　第 1 版
印　　次：2020 年 6 月　第 1 次印刷

书　　号：978-7-5126-7703-6
定　　价：39.00 元

序

平江不肖生，原名向恺然，现代著名武侠小说家，湖南平江人。他从小喜好文学、武术，两者均有深厚造诣。他奠定了现代武侠小说基础地位，尤其是江湖与武林的迷幻离奇，开启了和旧的侠客传奇大为不同的一副新面目，最终成为当时知名的作家。

梁启超主张："欲新一国之民，不可不先新一国之小说。故欲新道德，必新小说，乃至欲新人心，欲新人格，必新小说。"小说在文学界的地位开始逐日上升，以往被轻视的传统观念得到了极大的改观；中国少有专门武侠型的小说，当时很多名人开始寻求这种小说题材，而平江不肖生则从新视角对武侠小说进行解读，赋予了它更多的内涵和使命，为武侠小说的繁荣营造出极佳的基础。

平江不肖生创作的《江湖奇侠传》，《近代侠义英雄传》所开创的新武侠模式为中国早期的武侠和以后的武侠创作奠定了基础：《江湖奇侠传》首开武林门户之争，描写了门派斗争，对后世武侠，尤其是新派武侠的创作影响极大，本书的写作方式使江湖成为相对独立的个体，武侠小说也由此具备了独立的品格；而《近代侠义英雄传》却确立了侠义的爱国痛恨欺凌弱小的个人英雄模式，为中国武侠小说开辟了另一条道路。除了这两个代表作之外，这套书还收录了以下作品：《江湖异闻录》《玉玦金环录》《半夜飞头记》《拳术见闻录》《江湖小侠传·现代奇人传》《江湖异人传·龙虎春秋》《江湖怪异传·回头是岸》。

在寻源、创作等一系列动作中，平江不肖生作为现代武侠代言人，通过武侠小说这一载体，在其文化消费和口碑相传中不断流传、延续，直至深入人心。"民族英雄"来自于有史可查的真人事迹，无形之中增加了"民族英雄"书写的可信度，以便不断凝聚国人为民族奋斗的信念和决心。平江不肖生创造性的创作模式为中国现代武侠奠定了基础，他是中国现代武侠的奠基人。

限于编校者时间考证有限，书中疏漏之处，在所难免，尚祈广大方家、读者诸君批评斧正。

目　录

江湖小侠传

现代奇人传

江湖小侠传

第一回

白马河边争传绝技　乌鸦山畔欣睹旧家

话说中华民国二年的春天，不肖生在湖南常德府，经营一种普通商人都不注意的商业。经营的是什么呢？原来湖南岳州府，有一个民国元年新设的制革厂，那制革厂因在岳州，就取名叫做洞庭制革厂。制革厂自然制造的是皮革，只是制造这种皮革，必少不得的一种材料，就是栗树皮。

这栗树皮在湖南，虽是一种极寻常的东西，但是要成吨的收买起来，却不容易。因为湖南中路的森林最茂盛，栗树不是一种四季不落叶的树，人家十九拿它栽培起来，围护庄院，取其枝叶繁密，青翠可爱，谁也不肯将它的皮，剥下来发卖。

中路二十七县的山上，占势力的是一种松树，此外就是杉树。栗树的势力小得很，就中惟有常德栗树尚多。不肖生便到常德，专一收买这种树皮。只因这种贸易，在常德没人经营过，无经纪人可找，只得亲自到四乡去找农人交涉。久而久之，常德四乡的农人，认识的很不少了。

在白马河附近，有一个大村落。那村落里面，有一百二三十户人家。全是姓朱的，没第二姓。这一百二三十户人家，虽然门户各别，各有各的家庭，各有各的生活，但是有一种组织，在精神上，联络得成一个极大的家庭。

白马河左边，有一座山，乡人叫它为乌鸦山。那山不很高，从山脚到山顶，最高之处，也不过三里。山势却绵长得很，左弯右曲，高高低低的，包围了二十多方里良田渥壤在里面。朱家的房屋，便完全靠着这乌鸦山接连建筑。山内二十多方里的良田，外姓人不过占了山口处十分之三，里面也全是朱家的产业。

朱家在这山里，住了五百余年，不曾迁徙过。男丁大半是务农生活，读书发迹，在外做官的，也有几十人。

不肖生在长沙的时候，就曾听得人说，常德有个朱宝诚，武艺好得了不得，剑术更是不传外人的看家本领。及到了常德，脑筋里便想起朱宝诚这个名字来。一向人打听，谁知朱宝诚就是乌鸦山朱家的家长，年纪已有五十多岁了，常德人无人不知道他，并无人不恭敬他。

不肖生生性喜欢武艺，而剑术这门学问，又从来不曾遇过会的人。日本所谓剑术，不待说是完全没有一顾的价值，刀与剑，日本人尚分别不清，抵死拿着一面开口的刀，说是宝剑；又拿着匕首当剑，两人戴着鬼脸壳，横砍直斫，那里能算它是剑术？就是中国的武术家，也都是拿着舞单刀或舞单鞭的手法，来舞单剑；拿着舞双刀或舞双锏的手法，来舞双剑。至于真正的剑法，绝不曾见过会的。既是听得朱宝诚会剑，且是家传的绝技，而不肖生又已到了常德，离朱家不过五六十里路，怎能禁得住这一片好奇之心，不去见识见识呢？

那时正是五月中旬，天气已很炎热。遂向朋友处，借了一匹很壮健的走马，早一日问明了路径。这日天才黎明，只等城门一开，即出城向白马河进发。在途中休息一次，果是一匹好马，到白马河才八点钟。六点钟出城，五十多里路，只两小时就到了。

过河问乌鸦山朱家，乡人指着一带树木青葱的山道："随着那山下的道路，向东走去，绕过山嘴，便是朱家了。"不肖生即整理了身上的衣服，拍去了一身灰尘，据鞍上马，照着乡人指引的道路，缓缓走去，一面在马上观览四周景物。

才走了约两里多路，陡见前面一座高山，仿佛挡住了去路，相离不过三百步远近，一望分明。山脚下绕着一条小河，并无道路，顿时心中疑惑，莫是乡人有意和外乡人开玩笑，指引上这一条绝道上来么？转念一想，那指路的人，很像是一个诚实的农夫，料不至拿人作耍。一时心中正在胡想，眼望着对面的山，一步一步的，向跟前逼近过来。猛觉得马蹄一转，身躯几乎偏倒下马来。只道是马失了蹄，连忙将腿一紧，把缰向上提了一提。谁知那马却误会了意思，以为是要快走，两耳一竖，扬鬃鼓鬣的向前急走起来。

不肖生再抬头看对面的山时，已是不见了，但见一望无涯的，尽是稻田。碧绿的禾苗都在平原中，没有高下，看不出田塍来。只有那悠悠的南风，吹在禾苗上，一起一伏，如波浪一般，就仿佛与身在大海中，看远来的波涛相似。只不住心里又疑惑起来，怎的明明看见一座很高的山，拦住了去路，只马蹄一转，就变成了一个这般的所在呢？

立时将马勒住，回头一看，才从恍然里面，钻出一个大悟来。原来那座高山，便是对面的山嘴，走这边山嘴一转，就进了村口。这座乌鸦山，天然是这个村落的城墙，团团围住，只有一个山口做出入的要道。在山口外面，看不见里面的村落；在村落里面，更看不见山口。当时，不肖生见了这种好地方，不觉失声道好。

向前行了半里多路，才见有人家，房屋都很矮小，三五间一处，靠着山下，并不联络。又走了约半里，便远远的望见前面山脚下，一片房屋连绵不断，和个大市集一般，料想朱宝诚的家，必在那一片房子里面了。

正紧了一紧缰，向前疾走，忽迎面来了两个年纪都在三十左右的人，身上的衣服虽很朴素，面上却都显出些书卷气来，令人一望就知道是两个读书人。那两人见了不肖生，即停步，用眼向不肖生打量。马到切近，两人同时拱手问道：“先生贵姓，从哪里来，到敝处找谁呢？”

不肖生连忙跳下马，说了姓名，以及拜访朱宝诚先生的话，并问两人的姓名。两人很客气，一个年纪稍大的答道：“先生想会的，便是家父。”随手指着旁边这个道：“这是舍弟，名缙卿；我贱名国卿，寒舍就在前面不远。请先生上马，我兄弟当引道前行。"说着，复拱手要不肖生上马。

不肖生自不能不客气一点，即牵着马同行。一会儿，到了那像市镇的地方，果有许多商店。那些商店的规模，和常德城里的不差什么。据朱国卿说，都是朱家一家人开设的，周围四五十里的人，都来这里买货物。因白马河的水路便当，虽在乡村之中，生意却不冷落。加之朱家通族的人，没有欺诈狡猾的，买卖都十分诚实，所以能与常德府城的生意竞争。

不肖生看了那些店家的情形，很相信朱国卿的话，不是无根据的。经过了二三十家店面，道路忽转向右边山凹里。弯弯曲曲的，作斜坡形一个很大的庄院，建在半山之中。那庄院的砖瓦颜色，虽十分陈旧，却也雄壮到十分，围着庄院左右及后方的，全是合抱不交的参天古木。只有前面大门口，是一个极大的草坪，没有树木。草坪南首，竖着两条系马的木桩，地下两个上马的石踏凳，再有几个练武的方石，及绝大的仙人担（贯二石饼于竹木之两端，用以练力者），都埋在草内，大约至少也有十来年，不经人手去挪移它了。

朱缙卿连忙过来接了缰索，拴在那系马桩上。朱国卿引不肖生进了大门。远望二门上，悬了一幅朱漆金字篆书的对联，上写"敝庐六百载，高堂八千春"，十个斗大的金字。朱国卿指着二门的墙说道："这三扇墙还是南宋时遗留下来的，以外也有元朝的，也有明朝的，也有清初的。在常德没有比舍间再年代久远的房子了。"

不肖生一面点头应是，一面走近那墙跟前，看墙上虽是用白粉糊了，却因糊得很薄，能看得出砖砌的痕来。那砖每块足有一尺三寸长、四寸来厚，简直就是和上海、香港建筑高大洋房的红砖一般，比城墙砖还要长大一倍，怪不得能支持五六百年之久。近数十年来，内地建造房屋的砖，十口只怕还抵不了这一口。朱国卿即不说是南宋时遗留下来的，不肖生也能断定不是明清之物。

朱国卿又道："这副对联，是光绪庚子年（即二十六年）家祖母八十岁寿期，家大伯写的。家祖母今年九十三岁了。"

不肖生听了，心中不觉很诧异，怎么古老人物，都聚在一块儿了？但是心里虽然诧异，却很高兴这回算不白辛苦，得见着这么古的房屋，又能遇着这么年老有福的人。便不见朱宝诚的剑术，也很值得了。

不知朱家的剑术究竟如何，不肖生能不能瞧见朱家的剑术，且俟下回再写。

忆凤楼主评曰：

本书与《江湖奇侠传》，虽同出不肖生一人之手，性质亦略复相同，然其描写之点则大异。《奇侠传》以雄奇为主，所写者为当世剑侠之异事。本书以活泼为尚，所写者，为一般小侠之豪情。

读《奇侠传》，如闻虎啸深山、龙吟大泽；读本书，如见日出东海、花发南枝。明乎此，始可读《奇侠传》与本书。

一部洋洋十万余言之大著作，颇苦不知从何说起。因以乌鸦山朱家为之引，此提纲挈领法也，非善为文章者莫能办。

乌鸦山朱家，确为乔家世家，"敝庐六百载，高堂八千春"一联，语气又何其阔大哉！

第二回

论剑术畅谈家数　观奇传别具会心

话说朱国卿把不肖生，引到一间书房里坐下，即抽身进里面去了。

不肖生看那书房中陈设，当窗一张楠木长条桌的上面，就放着一方硕大无朋的砚池，和一个用竹根雕成的笔筒。笔筒内插着十来支大小的毛笔，靠墙摆着四把楠木靠椅、两个茶几，壁上并没有悬挂什么字画，却挂着一把四尺多长的兵器；形式像剑，比寻常用的剑足长过一倍，捏手的所在，系着两条手指粗细的丝绦。心中暗想：哪有这么长的剑？然照形式看来，不分明是一把剑吗？正打算趁着没人，取下来见识见识，忽听得外面脚声响，只得仍坐着不动。

脚声渐响渐近，门帘起处，进来一个身材高大的男子。身穿八团花宝蓝纱衫，上罩一件玄青团花纱马褂，生得浓眉巨眼，神采惊人。嘴边并没有留须，望去不过四十来岁的年纪，笑容满面的，向不肖生抱拳说道："兄弟便是朱宝诚，劳先生远道来访，失迎得很。"那说话的声音，十分嘹亮，一听就知道，那声音是从丹田中发出的。不由得心中发生一种敬爱之念，随即答礼，客气了几句，彼此坐下来攀谈起来。

这一次攀谈，不肖生得的益处却不少，才知道挂在壁上的，那四尺多长的兵器，竟是一把剑。据朱宝诚说，这还是短的，极长的有八尺，在临阵时才用。古人身上佩带的，不过三尺，只能作防身用，不能上阵。现在一般人用的，都在二尺以内，不是剑，是匕首。剑尖在一尺以内，便逐渐尖削起来，匕首尖削在一寸以内，和匕的头子一般，所以名叫匕首。这剑四尺五寸，是因为小儿辈没力气，使不动八尺的长剑，特铸这么短的，给他们使着玩耍。

不肖生在朱家住了七日，看朱宝诚使了一次剑，朱国卿兄弟每人使了一次。不肖生心中很疑惑，从来各种小说中，凡是写人舞剑，不是说舞得一团白光，便是说什么兔起鹘落，什么如风飘瑞雪；怎的朱家这种剑法，和那些小说上称赞的，一些儿也不像呢？不但没一手盘旋飞剑的，并且有时呆呆的立着，两眼望着剑尖，出了神似的，动也不动一动。就是动的时候，手足也都迟缓得一下是一下，不相联贯。

他父子没动手演的时候，不肖生早已准备了几个"好"字，含在口里，等演时叫出来，助他们的兴。及至三人都演完了，一个"好"字，都不曾叫得出口。非是眼界高，实在是看不懂，不知"好"字应从哪里叫起。若一味瞎叫，反显得强不知以为知，更惹他们笑话，不如索性不开口。

三人演完了，朱宝诚拱手说："见笑！"不肖生只得老着脸说道："我平生不曾见过使剑的，先生的剑法，我实在是莫测高深。还望先生念我来意之诚恳，不吝珠玉，将这剑法的奥妙，赐教一二。"

不肖生说这话，是疑心朱家的剑术，不肯传于外人，有意胡乱使出这些莫名其妙的手法，拿来搪塞，免得外人剽窃。

朱宝诚似乎看出来了不肖生的意思，即笑着答道："世间没有不肯传人的武艺，也没有什么秘密不能给人知道的武艺。都是因为世俗教师，自己没真实本领教徒弟，却又想骗徒弟的钱，便装出有许多秘密手法，不肯轻易传人的样子来；但又故意露出些意思，使徒弟去将就他、拜求他，他仍装模作样。及至末了，多许他几十串钱，他就拣一两下，比从前教的略为直截些儿的手法，传给这个出钱多的徒弟，便算是秘传，其实算得什么？我这剑法，要说是秘传吧，手手是秘传；要说平常吧，手手很平常。剑法便再好些，没有功夫，也是枉然。世间哪有功夫能剽窃到手的？莫说功夫不能剽窃，就是法子也剽窃不了。这人一看即能剽窃，则他的功夫必然在我数倍以上，功夫既在我之上，哪里用得着再剽窃我的呢？即是和我差不多的功夫，他若不与我同门，彼此也都剽窃不着；功夫在我以下的人，是更不待说了。一手一手的剖析来教，尚且还得半年、三五个月，才能通晓法门，岂是一望就得成功的吗？舍间的剑术并非不传外人，只因外人没有肯来学的，所以不曾传得。"

不肖生点头问道："适才见先生所演的剑法，其中奥妙之处，能赐教一二么？我平时虽不曾见过剑术，但每见小说中称赞舞剑的，总是说舞到好处，只见剑光，不见人影，又说什么连水都泼不进去。那些话，难道全是不在行的人，但凭理想说的吗？"

朱宝诚哈哈笑道："一点不错，并非不在行的人凭理想说的话。剑术的种类原来甚多，舞的是舞的剑法，击的是击的剑法。兄弟和小儿刚才使的，是击剑，不是舞剑。在剑术中，本分文武两派，舞剑是文派，击剑是武派。古时的文人女子，会舞剑的很多，会击剑的极少。舞剑一门，不过是古时歌舞中的一种，一般的也有许多手法，但用意不在刺人，只在好看。所以舞的时候，盘旋得异常迅速，剑光人影，上下翻飞。舞到极快的时候，是能如小说上面所说的，只见剑，不见人。至于泼水不进的话，就只怕是做文章的人，极力形容其快罢了。舞剑无须乎学，练过把势的人，都能一看就会。"

不肖生问道："会舞剑的，也有用处没有呢？"

朱宝诚想了一想，笑道："用处却难说。古时每有舞剑侑酒的，于今宴会上侑酒，都改了叫班子里的姑娘们，唱几句曲子。古时文人，多借舞剑运动身体，舒畅筋络；于今的文人，也都改了，用什么柔软体操，以外却不知道更有什么用处。兄弟不曾学过舞剑，大概还有用处，非我浅学的人，所能理会。击剑与舞剑，用意既是不同，手法自然也有很大的分别。先生拿着小说上写舞剑的情形，来看击剑，那如何看得上眼呢？"

不肖生见朱宝诚，说出怎么看得上眼的话来，心中很觉得惭愧，翻悔自己不应拿小说上写舞剑的话来说，以致他多心，说看不上眼。即时想用话声辩，忽一转念："我素来是拙于言词的人，倘若声辩得不得法，益发使人不快。"一时心和口正在来回的商量，朱宝诚已接着说道："击剑一门，不但在今时研究的极少，便是古时，用剑的也不如用戈、矛的多。因为剑是各种兵器之主，剑的本身，原已极难使用，而临阵又不能用它招架敌人的兵器，所以一般人都不大肯用它。近时枪炮发明了，连用戈、矛的都没有了，更向哪里去找用剑的来？兄弟说句不客气的话，莫说先生不曾见过的，看不懂舍间的剑法；便是那些小说上写的会舞剑的人，也决不知道我的剑，是怎么一回事。舍间的剑法，来源远得很。六十年前，通中国有两家会这剑的；六十年后，就只舍间一家了。前年，有朋友从广西来，说都安有个土司官会击剑，剑法和舍间的一样。兄弟禀知家慈，家慈很有些疑心，将六十年前的事，如此这般的说给兄弟听，命兄弟立刻到广西都安，去拜访那位会击剑的土司官。兄弟一到都安，才知道那位土司官，正是家慈疑心推测的人。于是舍间的剑术，分一枝到广西去了。"

不肖生听了朱宝诚所述六十年前的事，不觉惊得目瞪口呆。若不是亲耳听得朱宝诚所说，亲眼看见朱宝诚的母亲，也断不相信，果有这么一回事。

至于事实如何，且听下回书中，从头细写出来，供阅者诸君的研究。

忆凤楼主评曰：

未见击剑之前，先细写剑之形式，此虽为题中应有之义，而著者好整以暇之态，亦于此可见一斑。

剑与匕首完全不同，今人每不知之，辄谈匕首即剑，读此节当可恍然大悟矣！此非所谓"闻君一席话，胜读十年书"欤？

今人之为小说，其写剑也，不曰"兔起鹘落"，即曰"电掣风翻"，一若非此，不足以尽剑术之奇者。盍取而一读此节，当始审其见闻之陋，而知剑术之中，固有击剑、舞剑之分矣。

舞剑仅以侑酒，不知其他，快人快语！我欲为之浮一大白。然为善舞剑者闻之，不知又将何若。

　　一见即能将人之绝技剽窃而去者，其人必有绝高深之功夫，即亦何待于剽窃？此数语实为至理名言，愿读者其毋忽诸！

第三回

三年学艺宝剑随身　一旦成行长甲护体

这回书须从朱宝诚的祖父说起。朱宝诚的祖父，官名一个沛字，号叫若霖，以大挑知县，在陕西做了十多年知县官。咸丰元年，升了西安府知府。朱若霖为人极精干，膝下生了三个儿子。一、二都在襁褓中死了，只有第三个儿子名岳，字镇岳，生小即颖悟绝伦。十二三岁时，文学便很有了根底，每有一篇诗文出来，不到几日即传遍长安。

一日，朱镇岳的母亲魏氏，带着朱镇岳，到东门报恩寺进香。报恩寺的长老雪门和尚，一见朱镇岳，就仿佛见了什么奇珍异宝一般，不住的用两只老眼，在朱镇岳身上打量，末后合掌向魏氏说道："公子和老衲有缘，求夫人将公子舍在老衲跟前三年，必能于公子身上有很多的益处。"

魏氏一听这话，不由得心里气愤，脸上便露出不高兴的神情来答道："我夫妇的年纪合起来，差不多一百岁了，就只这一个儿子，老和尚不是不知道，怎会说出将他舍了的话来呢？"

雪门和尚笑道："老衲不是说要夫人将公子舍了，三年后仍得将公子交还夫人。不但于公子身上有极大的益处，便是于老爷、夫人身上，也有多大的好处，三年的光阴，容易过去。"

魏氏不待和尚说完，即连连摇手道："这话不用提了，莫说三年，三日也不行！"

雪门和尚道:"夫人今日不短舍,只怕将来要长舍呢。老衲方外人,以慈悲为本,难道对公子还有恶意吗?"

魏氏也不答话,进好了香,便带着朱镇岳上轿,回衙门去了。气愤愤的将话告知朱若霖。朱若霖毕竟是个精明人,听了问道:"你问他为什么要舍在他跟前的话没有呢?"魏氏道:"谁高兴问他?无论他为的什么,要把我的儿子舍给和尚。总是不行的。"

朱若霖笑道:"话不能这么说,雪门和尚的为人,我很听人说过,是个极有道行的和尚。虽是个方外人,却干过几件救困扶危的事。并且他在报恩寺当主持,也当了十多年了,从来不曾有人说他做过不法的事。他说要把岳儿舍给他三年,必有点道理在内,可惜你只顾一时气愤,也不问问他。"

魏氏不悦道:"你把儿子看得轻,你去生儿子舍给和尚,我自己生下来的儿子,只这一个,是很宝贝的,一刻也不许离开我。"朱若霖哈哈笑道:"你生的儿子不肯舍掉,叫我到哪里再生个儿子来舍呢?不用气吧,我也不过是这么闲谈,谁也不肯将自己的儿子,给一个和尚去鬼混。"

次日,朱若霖正和魏氏闲谈,忽门房传报,雪门和尚来拜。朱若霖笑道:"这老和尚认真要我施舍爱子了。"魏氏道:"老爷犯不着去见他,他是个出家人,公然出入官衙,已是不安分。老爷去见他,只怕于官声有碍。"

朱若霖摇头道:"这个和尚,素来不是出入官衙、不安分的人,见见他不要紧。你放心,我不会胡乱把儿子舍给和尚。"随说随走入客厅。

朱若霖虽不曾和雪门和尚见过面,心目中却早认定雪门和尚,是个有道德的高僧。来到客厅中,只见一个身高六尺以外的老和尚,须眉白得如银似雪,手腕上悬着一串念珠,合掌立在下面,真是一个活泼泼的知觉罗汉。朱若霖不由得发生一种敬爱之心,趋前拱手让坐。

和尚开口说道:"老爷今日肯见和尚,即是与和尚有缘。和尚在风尘中物色三十余年,实不曾见有如公子这般有夙慧的人。昨日一见之下,和尚心里实在有些放他不过,当今天下大乱(当时人心目中,只知有中国,中国大乱即谓天下大乱），专读书不懂武事的人，不但不能替朝廷出力，并且不能自保身家。和尚有上可以卫国、下可以保家的技艺，非公子这般有夙慧的人，不能传授，只要专攻三年，必有大效。老爷爱公子，必望公子成个经天纬地的人物，这机缘不可错过！"

朱若霖想了一想，问道："师父教小儿去报恩寺住着，学习三年么？"和尚点头道："虽是在报恩寺住着，与府衙相近，却不能时常回来。除三节两寿期可令公子回府，尽人子之礼外，不宜出寺门一步，致荒废学业。"朱若霖听了，忽然立起身来，向和尚深深作了一个揖道："我即将小儿交给师父了，听凭师父教训，我不过问。"和尚也起身合掌答礼。

朱若霖随入内室，用了无数言语向魏氏解释。魏氏虽不愿意，但因府衙离报恩寺不远，见面容易，并且儿子不能和女儿一样，终年关在闺房里，总得有出外就学的时候，遂也说不出不肯的话来。从此，朱镇岳就在报恩寺，跟着雪门和尚学卫国保家的技艺去了。

朱镇岳跟着雪门和尚到报恩寺，雪门和尚早已预备了一间静室给朱镇岳住。先教朱镇岳做了三个月内功，随后拿出一把檀木剑来，教朱镇岳击刺。寒暑不辍的练了三年，才拿出把三尺长的钢剑，给朱镇岳道："你的功夫已经上身了，这把剑是我专炼了给你的，还不曾开口，剑口是须用剑的本人亲自磨开的，用时才能合手。明日的干支是庚申，正好磨剑。你今晚将身体沐浴干净，我书房里有座胆瓶，瓶内是龙泉井的水。你等到天一交子时，向西方叩齿四十九通，将磨剑咒语默念一遍，然后以剑蘸泉水向石鼓上，以意会神，以神摄气，磨一遍，试击一遍，以圆活称手为度。这剑我炼了十年，一百斤马蹄铁才炼成十两，加以十两乌金、十两银屑，才炼成这十五两重的剑。虽不能与古时的莫邪、干将比锋利，然在今时，只怕遍中国也找不出第二把，这么刚柔相济的剑来。"说时，随将磨剑的咒语传授了朱镇岳。

朱镇岳一一默记了，退后抽出那剑来一看，觉得比寻常用的檀木剑，轻了几倍，剑锋约有二尺三四寸长，一面有两条血槽，一面只有一条血槽。虽是不曾开口，却青光耀目，望去已像是很锋利的样子。心中高兴，不觉展开手足，试击两下，耳边便闻得风声如裂帛一般。心中有些诧异，暗想：用了三年木剑，击刺起来，虽也时常闻得风响，却不曾听过这么裂帛一般的声音，这剑果是可宝贵的东西。

朱镇岳心中正在疑惑，雪门和尚已背操着手，一步一步的闲踱进来，望着朱镇岳笑道："你正使得得劲，怎的忽然停了呢？"朱镇岳提剑说道："弟子因闻得风声作怪，一时惊得停了手脚。"

雪门和尚哈哈笑道："你这时才知道我专给木剑你使的好处么？你使的木剑，最重的有十几斤，你能使得圆活自如，今一旦使这一斤多重的钢剑，自然比寻常要灵捷几倍，剑锋走得快几倍，破空的声音自然也跟着大几倍了。你此时试拿这剑，使出撒手刺的手法来看看，那脱手时的声音比响箭还大呢。"

朱镇岳问道："既是响声有这么大，那么敌人闻声躲闪，不是很容易的吗？"

雪门和尚大笑道："教敌人躲闪得了，还能算是剑术吗？你须知箭因有响声，容易躲闪，不能与剑作一例看承。箭的响声是由羽毛上发出来的，故响声虽大，速度却不曾快到十分；并且来势太远，所以躲闪不难。这剑术的撒手刺，谈何容易！功夫不到绝顶，哪能撒得出手，即出手又何能成声？岂是如射箭一般，无论什么人，都能射得呼呼的响吗？你想，剑锋能破空作响，须行得何等迅速。被杀的人，及至闻到响声，已是洞胸断颈了。莫说躲闪，能看得出剑光的，这人的功夫就不差了。"朱镇岳这夜依着雪门和尚的话，将剑磨开了。

次日，雪门和尚教朱镇岳，在大殿上当面使了一会儿，欣然笑道："我的衣钵有了传人了！但是还须三个月工夫。你此刻就归府衙去，禀知父母说，我明日即带你出外游行，三个月后，便功行圆满了。"

朱镇岳问道："师父将带弟子，游行些什么所在呢？恐怕家父母要问，回答不出，两位老人不放心。"雪门和尚点头道："你问得不差，但游行的所在，我也不能预定，大概不至出陕西境界。你对父母只说游大华山就得哪！"朱镇岳连声应是。回到府衙，将话禀知了朱若霖夫妇。

魏氏因儿子离开惯了，此时虽听说要跟着师父远游，却已不似三年前的难分难舍了。朱镇岳自从进报恩寺以来，即不曾在府衙中住过一夜，因雪门和尚怕他住在家中，耽误了功课，所以总是限定时刻，不许久留。朱若霖也绝不姑息，有时还催着朱镇岳回报恩寺去。

朱镇岳归府衙禀明了言语，当日回报恩寺中。雪门和尚拿出一个小皮篋来，给朱镇岳道："这皮篋里面，是我少时用的一副软甲、一副钢甲，于今我也用它不着了，传给你好生珍藏。不遇大敌时不必用，有它在身边，足抵一个好帮手，不要轻轻看过了。"说时，随手将皮篋揭开，取出那副软甲来，一手提着领口抖开来，像个很轻松的样子。

朱镇岳见那颜色漆黑透亮，看不出是什么材料制成的，伸手接过来，着手又轻又软。前胸后背鼓起来有一寸多厚，只是用力按去，不过三四分，也看不出里边塞的是什么。

雪门和尚笑道："你可知道这副软甲的好处么？"朱镇岳道："弟子并看不出是什么东西制成的，怎能知道它的好处？"雪门和尚道："表里都是从野蚕身上剖出丝来，织成片子，所以能伸能缩，经力最牢。海边的渔人，每用野蚕丝作钓大鱼的钓丝，一根单丝能钓百多斤的鱼，这种丝是极宝贵的。这里面塞的是极细的头发，将这甲悬在树上，尽管用鸟枪，贯上丸子，向甲上打去，丸子都嵌在甲里，透不过去。刀剑是任凭如何锋利，决不能伤损它分毫。我为得这副甲，几乎送了性命。"

不知雪门和尚得这甲时，为何几乎送了性命？且俟下回再写。

忆凤楼主评曰：

雪门和尚与朱镇岳，殆有夙缘者，不则何以一见即欲录之门下？而朱镇岳亦幸而遇雪门和尚，得能传其绝艺，成为一代大侠；不则为禄蠹，为书呆。朱镇岳之所以为朱镇岳，亦正未可知耳。

朱若霖一闻雪门和尚之言，即肯以爱子托之，自是解人，非一般风尘俗吏可比。

　　写磨剑一节，曲尽个中之秘。所谓以意会神，以神摄气云云者，直于此道巳三折肱矣。彼寻常一般小说家，又乌能知之耶？

　　剑响与箭响不同一段高论，亦能发人所未发，断非不知武术者所能道其只字。

　　朱镇岳既得宝剑，又得宝甲，踌躇满志，弥足自豪，我亦为之美煞矣！入钢甲、软甲事，所以开发下文。

第四回

轻身术飘风落叶　金钱镖打草惊蛇

　　话说朱镇岳听了雪门和尚这番话，不禁诧异问道："师父得这甲，怎的几乎送了性命呢？"雪门和尚笑道："这副甲原是你祖师爷的。你祖师爷姓毕，讳南山，原籍是甘肃凉州人。只是从十二岁以后，便辞了原籍，在外蒙二十多年，练就一身出神入化的本领。这副甲在祖师爷手中，费了将近十年的心力，才制造成功。祖师爷教了三个徒弟，一个广西人，姓田，名广胜；一个江苏人，姓周，名发廷；第三个就是我了。周发廷的本领在我之上，田广胜和我是兄弟手，没有高低。但是祖师爷因周发廷心思太深，不及我和老田坦率，便不大喜欢周发廷。

　　"祖师爷临终的时候，因为没有儿子，只得将平生应用的物件，分给我等三个徒弟。宝剑传给田广胜，这副软甲传给我，一葫芦丹药传给周发廷。周发廷心里想得软甲，见没传给他，已是不大愿意，只是敢怒不敢言。而祖师爷将丹药传给周发廷之后，背地又传给我和老田两人。周发廷知道，更是怒不可遏，只等祖师爷一咽了气，便仗着他本领高强，硬向我要借软甲应用。我知道他早已不怀好意，祖师爷将软甲传给我的时候，我随即穿在衣里，他向我借，我自然不能答应。他开口就骂祖师爷偏心，老田在旁听了不服，以大义责他，三言两语不合，他和老田先动起手来。我上前劝架，他猛不防向我迎头一剑，我来不及退避，只将头一偏，剑着肩上；幸得有软甲挡护，剑锋如斫在棉絮上一般。周发廷心里一惊，知道我已披上这软甲护身，不能伤损，他自己本领虽高，毕竟怕敌不了我和老田两个，当时跳出圈子，独自气冲冲的去了。

"后来，他又用种种方法，想来偷盗这甲，奈我日夜穿在身上，不曾卸下片刻，他非得将我刺死，无论如何也不能将我这甲取去。他为这甲，直跟着我半年，明劫暗偷，至少也有五十次，好容易才过了这个难关。周发廷见我防范得严密，不能得手，就把念头转到田广胜的宝剑上面去了。谁知田广胜也久已提心防备，收藏的地方，除了老田自己，谁也不能知道。周发廷去偷了几次，没有偷着，倒也罢了，每次都给老田看见了。

"第一次去老田家的时候，老田正在登坑，忽听得风声响，知道是同道中人来了，却没想到是周发廷。悄悄的跟着风声赶去，周发廷正倒挂在房檐上，探头探脑的向老田睡房探望，蓦然从脑后拔出剑来，施展'鸽子钻天'的身法，向窗孔里飘然而进。老田心想：这厮若是好意的来拜访，就用不着先拔剑，后进房。这必是我们同道中人，途中缺少了盘缠，见这所房屋高大，料定必是富厚之家，打算顺便借些盘缠的，却不知道误撞到同道的家里来了。心里这样想着，耳里仔细听着那着地的声音，不觉吃了一惊。暗想：这厮的本领不小，简直如风飘落叶一般，绝无声息，且用一个打草惊蛇的法子，吓他一吓，看他怎样。

"老田有种绝技，是我和周发廷赶不上的，最会使一手好金钱镖，能连珠不断的发一百下，打二百步以外；并且能后镖接前镖，镖镖相撞，迸出火星来。他这本领，就是祖师爷也输他一着。因老田生成的一双眼睛，能于黑夜分辨五色，谁也不能及他那般目力。所以金钱镖这种暗器，虽在剑侠中不过是一种玩意儿，只是没他那般目力，也决不能练到那么神化。当下，老田既不知道就是周发廷，打算吓他一吓，却又不愿无故伤了同道的性命，随手掏了一把金钱镖，约莫有二三十个，朝着周发廷的脚后跟打去。

"镖才出手，周发廷已觉背后有人暗算，向前一蹿，回过头来。及至老田看出是周发廷来，第二三镖已接连向周发廷的后腿打出去，收不回来了。

周发廷腿上着了一镖，气得大吼一声，一拧身，早已到了房上，开口骂道："田广胜，好小子！竟暗算起我来了，等我来收拾你的性命！"旋说旋动手，朝老田杀来。老田忙闪开，辩道："委实不知道是师兄来了，望师兄恕我冒昧之罪。"周发廷骂道："放屁，第一镖可由你说不知道，我已回头开了声，你为什么还只管接二连三的打来？你那双狗眼，黑夜能辨五色，谁也知道，偏看不出是我来吗？眼里没有我这师兄也罢，要我饶恕你么，除非立刻将师父传给你的那把宝剑，双手送给我，我看着宝剑份儿上，便不和你计较这一镖的事。"

　　"老田听了大笑道："啊，师兄赐临，原来是为宝剑，怪道黑夜从房上进来！宝剑送给师兄也可行，但是我得问师兄一句话，师兄得实说。"周发廷道："你问什么话，我一概实说，决不瞒你。"老田就笑道："师兄的软甲，已经到手了没有呢？"周发廷见问这话，不觉红了脸，半晌才答道："此时还不曾到手，不过随时要甲，可以随时去拿，你问它干什么哩！"老田道："宝剑和软甲，一样是师父传下来的，你且等软甲到了手，再来我这里拿宝剑。软甲不曾到手，宝剑也是不能送给你的。"

　　"周发廷一听这话，哪里忍得住气呢？当时也回不出什么话，挥剑就在房上和老田动起手来。老田赤手空拳，如何肯与他认真角斗哩！一连退让几步，喝住说道："我们兄弟犯不着因一把剑，伤了多年和气。你不用动手，听我说一句话。"周发廷怒气不息的，拿剑尖指着老田道："有话快说，你有意逼着我伤和气，不与我相干。快说，快说！"老田从容笑道："我们三个人，同跟着师父学剑，而造诣只你一个人深远，心思也只你一个人灵活。师父因你的本领了不得，用不着软甲和宝剑帮助……"

　　"周发廷不听提起师父还可，一听说师父，那气就更大了。连说："放屁，放屁！世上哪有这么偏心的师父？软甲、宝剑传给你们两个，我倒不气；他不应再背着我，将丹药也传给你们，这气我实在受不了。我一天留着性命在此，决不和你们甘休！"

　　"周发廷正在痛骂，一转眼不见了老田，忙住了口。举眼四望，只见夜色苍茫，并不知老田从何时溜跑了。暗想：不妙！田广胜是一双狗眼，他若躲在黑暗处计算我，防不胜防。并且他已有了防范，今晚已眼见得不成功了。想罢，飞身就跑。老田果躲在暗处，看得明白，跑出来喊道："师兄好走，我不远送了。"周发廷听得，更是气愤，打算回头再与老田比拼。转念老田是个很聪明的人，他知打我不过，必不肯和我较量。他在黑夜中东藏西躲，我也弄不过他，不如等他没有防备的时候再来。遂忍气吞声的走了。

"过了几夜，又到老田家，又被老田看见了。一连七八次都不曾得手，才赌气回江苏无锡县原籍，卖药治病去了。多年不得他的消息，也不知他的境况如何。

"这副钢甲是一个蒙古人的，那蒙古人也会剑术，闻我的名，要和我比较。他也是想得我的软甲，就拿这副钢甲，和我的软甲做比赛的东西，谁胜了谁得。一动手，蒙古人就输了，这副钢甲便到了我的手里。这钢甲的好处，比软甲不差什么，不过软甲可随时穿在衣内，钢甲非到遇敌时，穿着它不像个模样。你都好生收藏着，日后自多用处。"

朱镇岳喜不自胜的将软甲叠好，提出钢甲来展玩了一会儿，见甲上刀痕如蛛网。雪门和尚指着刀痕笑道："那蒙古人身经百战，做梦也没想到败在我手里，将护身钢甲输掉。你此时可将软甲穿在贴肉处，钢甲收藏起来，明日即可动身出游了。"

不知出游时究竟遇见些什么事，且俟下回再写。

忆凤楼主评曰：

　　因钢甲、软甲，而述及雪门和尚之来历、雪门和尚之同门，此回叙法也，行文者不可不知。

　　毕南山之分遗物，未免略存厚薄之心，宜周廷发之愤愤不平矣！此后许多争端，皆由此而起也。

　　善轻身术者，如飘风落叶；擅金钱镖者，能打草惊蛇，皆足为我国武术界生色矣！毕门多贤，于斯可见。

　　周发廷虽身负绝艺，高出侪辈之上，其如田广胜之具有狗眼，能于黑夜窥人何？愤而遁去，宜也！

　　软甲之外复有钢甲，可谓无独有偶，一旦并归雪门和尚，复传之于朱镇岳，深为庆得所。特彼蒙古之武士，身经百战之余，偶尔败衄，遽将此珍同性命之钢甲失去，不知何以为情耳。

　　下文接叙出游事，为本书正文之开始。

第五回

揭秘幕细述江湖事　仗内功狂走荆棘丛

话说朱镇岳依了他师父的吩咐，将软甲穿在贴肉处，外面披着长衫，当夜检点应用的物件，做一包袱捆好。次日早起，雪门和尚向朱镇岳说道："我们学剑的人，第一是要耐得劳苦。你是一个公子爷出身，体质脆弱，经不起风霜，剑术虽然学成了，只是精力有限，纵有行侠仗义的心思，每因精力不加，或道路太远，或事情太繁，便不能鼓起兴致去干，便失去了我们剑侠的身份。所以能耐劳苦，是我们当剑侠的第一要务。

"平常我们同道中人，传授徒弟，本来都是从拜师这日起，一年之内，专一打柴挑水，做种种劳力的生活，第二年才以内功辅助外功，第三年内外功都有八成，方传授剑术，一成即能离师独立。我因你不比他人，而内功既成，外功本属容易，所以另换一种传授之法。你现在外功虽欠些功夫，内功却已圆满，我从今日起，带你游山一月，风餐露宿，就是想完成你的外功，并可借此练练你的胆气。从山叠岭之中，莫说奇才异能之士，隐居的不少，就是毒蛇猛兽，动辄食人的，也随处可以遇着。若教你一个人去，我有些放心不下。不是怕你的本领不够，因你年纪太轻，太没经验，略不谨慎，便弄出大乱事来，不是当耍的。"

朱镇岳问道："既是不愁弟子的本领不够，却为什么又怕弄乱事来呢？"

雪门和尚笑道："你哪里知道深山大泽，实生龙蛇，好容易说到本领二字？我说不愁本领不够的话，是对于毒蛇猛兽的说法。至于山林隐逸之士，你那里说得上本领？我自从主持这报恩寺，与同道中人少有来往，我们当剑客的，先论交情，后论本领。江湖上没有交情，任凭你本事齐天，也终有失脚的这一日；但全恃交情，自己本领不济，在江湖上也行不过去。你此时的本领，在剑客中虽算不得上等，只是也不在一般人之下。就是交情两字，太仄狭了些，除了你自己父母之外，认得的就只一个我。我这回带你出外游览，用意便是引你在交情上做些功夫。

"你要知道，我们同道的人最重交情，不但和自己有交情的人，不肯随意反脸；就是这人和我的朋友有交情，相见的时候，只要提起朋友的名字，都得另眼相看。有能帮忙的地方，就得略费心力，替他帮忙。若是真和自己有交情的，哪怕拼着性命去帮助他，也说不得。你看交情两字，在我们同道中何等贵重！"

朱镇岳喜笑道："弟子正怀疑，师父带弟子出外游览，没有一定的主意，哪能有一定的趋向呢，不是乱跑一阵子吗？师父这样说起来，弟子才知道这次出游，是重要得很了。"

雪门和尚点头笑道："不重要，我也不陪着你去了。平常当剑客的人，交情都是自己打出来的，所以有'不打不相识'的话。你的身份比别人不同，不是我心存势利，我一个出家人无端多管闲事，从你父母手中将你要了过来，你身上只要有一根毛发受损，我就对不起你父母。你的本领便比今日再高十倍，我也不放心教你一个人去。等过这次出游之后，我就可以卸却仔肩了。

"我本打算带你去刘家坡，见了刘黑子，再到石门山苏家河一带，会几个二十年前的老友。陈仓山、天台山的几个大镖师，从石门回头才去会他们。因为去刘家坡，须走一个地方经过，那地方的名字太不吉利，只得改了途径，先去陈仓、天台，再去九郎山、朱砂岭，走甘谷沟到刘家坡，不从那不吉利的地方经过。"

　　朱镇岳笑问道："那地方名叫什么，有什么不吉利呢？"

　　雪门和尚笑道："那地名无论是谁也得忌讳，不知是何人取的这个名字，那地名叫'鬼门关'，你看可恶不可恶？"

　　朱镇岳笑道："这名字果是不好。刘黑子是何等人物，必须去看他哩？"

　　雪门和尚笑道："说刘黑子这人，本领真是了不得，他的门徒，可以说是遍天下。他少时原是一个无所不为的无赖汉，三十岁才遇一个得道的高僧，传他的剑术。因他身体瘦小，人都称他做'刘黑子'。他不但剑术好到绝顶，内功也无人及得，有他一封信，或一张名刺，无论走到什么地方，绝不会有人为难他，这个人是不能不去拜会的。就是那些镖师的面子也很大，住在与河南交界的几个水陆两道的镖师，更是名头高大，他们的名声，全不是从武艺上得来的。交情越宽广，名声越高大，哪怕这人的本领极平常，只要他的师父或父亲是个老江湖，他一般的到处扯着顺风旗。没有人去难为他，或有时遇着新上跳板的伙计，给他下不去，把他的镖截了；他有他师父或父亲这点面子，只拣这码头上几个有面子的绿林人物，拜望一回，叙一叙旧交，包管分文不动的将镖送回。江湖上若不是讲这一点交情、这一点义气，谁也吃不了这碗镖行的饭。

　　"你此刻的本领，很够得上和江湖人讲交情了。第一你占着一门江湖上人，都赶不上的本领，又是一个公子爷出身，人家都说江湖上人只知道信义，不知道势利，这是完全不懂江湖的话。江湖上人最喜欢讲的就是势利，不过他们有种极普遍的脾气，遇着有势利又有本领的人，心里是十分想结纳，面子上却是不肯显出殷勤纳交的样子来。是什么缘故呢？因为他们存心以为自己是个粗人，恐怕这有势力的人瞧他不起，他若先显出殷勤纳交的样子来，万一有势利的人，竟不愿和他做朋友，给他一个冷森森的面孔，他就失悔也来不及了。同道中谈论起来，都得骂他没有骨气。所以江湖上人，从没有先存心和有势利人订交的。总得有势利的人，略去名分，与他们结交。这种举动成了江湖上的定例，因此，人家都说江湖上人是不知道势利的，这话何尝说透了江湖？"

朱镇岳问道："弟子占了一门什么本领，是江湖上人赶不上的呢？"

雪门和尚用手做出提笔写字的样子，笑道："你占的就是这门本领，江湖上懂文墨的，虽不能说没有，只是一百人中间，至多不过十来人；这十来人，也只能说粗通文字。至于真有才华，能像你这样的，我闯荡江湖几十年，实不曾遇着一个。这门本领，不但江湖上人敬重，就是我们同道中也是很推重的。有了这门本领，无论在什么地方，总占上风。"

朱镇岳听了这话，心中自是欢喜。他的行装昨夜已收束停当，雪门和尚只换了一双芒鞋，腰间系了一个朱漆葫芦，手中提了一支禅杖，此外一无所有。师徒二人即日离了报恩寺，徒步向陈仓山出发。

从西安到陈仓山，若是一坦平阳的道路，不过二百多里。只因山岭重叠，高高低低，弯弯曲曲，算起途程来，虽仍不到四百里，但是平常人步行，总得五日才能走到。雪门和尚和朱镇岳若施展他们剑客的本领，这三四百里路程，哪用得许多时间行走？只是师徒二人随处流连山水，有时尚在日中，便投宿不走了。走了三日，才到武功。

雪门和尚说道："这三日走的都是官道，从明日起，却要走小路到郿县，由郿县穿过高店，由高店到陈仓山。若是照着驿站走，得走扶风、凤翔、宝鸡，再到凤县，折转来方到陈仓。路的远近不问，终日在官道上走，有什么好处呢？从郿县去陈仓，一过了高店，就完全是在重山叠岭的荆棘丛中去寻道路。"

朱镇岳喜道："弟子正疑心走了三日，都是在大道上，跟随着一般挑担子、背包袱的商人行走，一些儿趣味也没有。像这样便走一辈子，于外功也没有什么进境。"

雪门和尚笑道："你此时是这么说，只怕一走山路，不到两日，就要叫苦了呢。"

朱镇岳摇头道："弟子决不叫苦。"

雪门和尚哈哈笑道："但愿你能不叫苦。"师徒二人说笑了一会儿，这夜在武功歇了。

次日天才黎明，二人即离了武功。雪门和尚这日走路，却不似前三日的从容了，拖着那枝禅杖，两脚和有什么东西托着一般，向前如飞的走去。朱镇岳跟在后面，看和尚两脚踏在灰尘上，只微微的有些儿迹印。暗想：人走路越是走得迅速，灰尘越是起得很高，怎的他老人家走得这般快，不蹴起一点儿尘灰来呢？可见得他老人家的本领，我还是不曾完全得着。心中一边想，一边施展自己的功夫，尽力追赶。看看的越离越远了，朱镇岳少年气盛，只是要强，不肯叫出"师父慢走"的话。虽累得一身大汗，仍鼓着勇气拼命的追赶。

略一转眼，已不见和尚的踪影了，朱镇岳心里一急，两脚更快得如飞。直追了半个时辰，才远远的望见前面一株大树底下，坐着一个人，在那里打盹。定睛一看，正是追赶不上的师父。朱镇岳见追着了，心里才略安了些儿，走到跟前，身不由己的就坐下来了。雪门和尚睁眼一看，打了一个呵欠，笑道："来了么？我们又走吧。"说罢，立起身来。

朱镇岳气还不曾喘匀，哪能又是那么飞跑？只得用那可怜的眼光，望着和尚说道："师父已歇息了这么久，弟子还不曾歇息，并且口渴得十分难受。请师父多坐一坐，弟子去寻一点儿水喝，喘匀了气再走。"

雪门和尚道："这里的凉水不能喝，再走一会儿，寻个人家，讨一杯茶给你喝。"朱镇岳望着雪门和尚，待说话，又忍住了。雪门和尚问道："你有什么话要说，尽管说呢，为何要说又停住哩？"

朱镇岳嘴唇动了两动，仍是不说。爬起了，紧了一紧包袱，问道："师父知道前面有人家可讨茶喝吗？"雪门和尚笑道："讨杯茶喝的人家，哪里没有？"朱镇岳道："这回弟子要在前面走，使得么？"和尚道："这有何使不得！"原来朱镇岳实在有些走乏了，心中打算要和和尚慢些儿走。他是要强的人，又说不出口，因此只得要在前面走，免得追赶不上。

二人又走了一会儿，渐渐走上了山路，尽是些鹅卵石子，圆滑异常，上前一步，得退后半步。朱镇岳身上的包袱，起初背着不觉得很重，此时走得力乏了，便觉越驮越重起来。又遇着这上山的小路，再加上这些圆滑不受力的鹅卵石子，只走得朱镇岳弯腰曲背的，连气都接不上了。回头看雪门和尚，仍是和没事人一般，神闲气静的，反将禅杖挑在肩上，并不用禅杖扶手，比寻常行路倒显得安逸些。忍不住随地坐下来问道："师父到底练的是哪种功夫，能这么走得路，为何不早些传授给我呢？"

雪门和尚道："我素喜在运气的功夫上用力，刚才走路，也是运气的功夫。我们学道的人成功之后，各人总有一两门绝技，无人赶得上。就是这性情相近的道理，不能勉强的，连自己都不知其所以然，这种绝技，无论如何是不能传授给人的。你此后专攻十年八载，所成的绝技，便是我也赶不上，也做不到。你不要因此就以为自己的功夫不济，以为我没有把功夫尽行传授给你。我此时的气功，非是我夸口，不但周发廷、田广胜二人不及，便是你祖师爷，也不到这一步。"

朱镇岳听得，心里才高兴了，一时鼓动起兴来，立起身又向山上走。这时举步却不似刚才那般艰苦了，一则因坐下来休息了片刻，一则听了师父的话，把先时懊丧的念头扬开了。

走过了山峰，在山腰里寻着一所茅屋，朱镇岳进去，讨了杯茶喝了。下山走不到十来里路，就是郧县了。在郧县用了午膳，雪门和尚从外面，提了一个很大的纸包儿进来，交给朱镇岳道："你将这东西裹在包袱里，到明日就用得着它了。"

朱镇岳接在手中，掂了两掂，约有四五斤重，捻去像是很软，忙问："这里面包的什么？"

雪门和尚道："这是我们同道中人用的干粮，与行军用的大不相同，这一包干粮，够我师徒二人充饥一月。这一包共是五斤，无论多大食量的人，每日有二两，决不会犯饥。"

不知这种干粮，到底是什么东西制成的，且俟下回再写。

忆凤楼主评曰：

朱镇岳学艺三年，内功已臻美善。雪门和尚复导之出游，使完成其外功。苦心孤诣，至不可得。得师如此，朱镇岳又安得而不大成耶？

"先论交情，后论本领"二语，最能得江湖中之真相。作者特借雪门师徒之谈话，一为表出，复不惮辞费而引申之，盖亦欲读者未深读此书以前，先将江湖中之情形，一瞭然于胸耳。

江湖豪客，亦惟是势力所趋，我欲为之浩叹！然非有势力者，略去身份，先与纳交，彼终将掉首不顾。是则差强人意，而江湖豪客之所以为江湖豪客，终有异于常人耳。

雪门师攀山越岭，步履如飞；朱镇岳奋力追随，尚瞠乎其后，健哉此老，其地行仙欤？而作者写此节时，弥极酣畅淋漓之致，笔锋之健，亦正不让此老也。

第六回

雪门师荒村访旧　冲天炮闹市行凶

话说朱镇岳听了这话，便问道："这是什么东西制成的，吃下这么饱肚，可解开来瞧瞧么？"雪门和尚笑道："有甚不可解开来瞧，这种干粮是不容易制成的，不是我们同道中人，也制不出；不是我们同道中人，也买不着。"

朱镇岳随即将纸包解开，见酒杯大小一个，和淡黄色的馍馍相似的，里面约莫有四十来个，也看不出是什么食料制成的。雪门和尚指着一个说道："你瞧了只这么大一个，吃下肚里去，还不能喝水呢！喝了水，就得发胀，肚子都得胀痛。不喝水由它慢慢儿消化，一个对时以内，自然不觉得腹中饥饿。但是若喝下水去，一两个时辰以内，便觉得腹内涨闷得难过；经四五个时辰，就消化完了，腹中就觉得饥饿了。"

朱镇岳道："整天的不喝水，不会口渴吗？"

雪门和尚道："这却不会，吃这干粮之前，只须略喝些水，吃下去，即不会有十分觉着口渴的时候。若没有这宗好处，也不是贵重的东西了。这干粮有两种，一种荤的，一种素的，素的不及荤的能耐久。这里面荤素都有，我能服气，三五天不吃什么，也不觉饥，才能吃这素的；你此时还只能吃荤。荤干粮中最主要的食料，就是黄牛肉，素干粮是黄豆。"

朱镇岳拿了一个，送往鼻端嗅了一嗅说道："怎么一些儿气味也没有？

并且一般的颜色，一般的大小，从何分得出荤素来呢？"

雪门和尚道："好处正在没一些儿气味，若有气味，便有能吃不能吃了，并且凡是有气味的食物，多不能持久；天气一热，不到几日，即朽坏不能吃了。荤素很容易分别，你仔细看上边，有两颗牙齿印的便是荤的，没牙齿印的便是素的。"

朱镇岳听了，觉得奇怪，仔细一看，果然一大半上边有牙齿印的，不由得笑问道："怎么分别荤素，却用这么一个使人恶心的记号，不是稀奇得太厉害了吗？"

雪门和尚笑道："这是江湖上的古话，说起来没有凭据的，但一般同道的都是这么说，以讹传讹的，传了两千多年了。我也只好说是这么一个来历。我报恩寺的观音殿旁边，不是有一座小小的龛子吗？那龛里的神像，就是我们剑客的始祖崆峒祖师，祖师是汉宣帝时候的人，制造这干粮的法子，是由祖师传下来的。相传当日系用一个模子制造，荤素都没有分别。崆峒祖师原是吃素的，有一次拿着一个荤的，往口里一咬，咬下去才知道，从此荤干粮上面，就永远留传这个齿痕了。"

朱镇岳笑问道："崆峒祖师只咬下一个，应该只一个上面有齿痕，怎么几千年来，每个上面都有呢，这不是奇闻吗？"

雪门和尚笑道："这本是荒诞无稽的话，我们也不必管它，只要知道有齿痕的是荤干粮就得哪！你且将它包裹起来，我们再走吧，今夜得赶到高店歇宿。从明日起，就得完全走山路了。"朱镇岳即将包袱打开，裹好了干粮，给了饭钱，于是师徒二人出门向高店进发。

从郧县到高店，虽是小路，险陡的山岭却少。因此朱镇岳不觉吃力，黄昏时候就到了高店。雪门和尚道："我有个多年的老友住在这里，平常我也难到这里来，今日打这里经过，正好顺便去探望探望；但不知他近年来境况如何。"

朱镇岳道："师父的老友，也是和师父同道的吗？"

雪门和尚摇头道："他是一个打铁的人，姓周，行五，人家就叫他周老五。他虽是打铁出身，却有两种不可及处，第一是能孝母；次之，两膀有千多斤实力。他那力气是天生的，并不曾练过功夫，但是寻常三五十人，也近他不得。他小时候也曾读过书，不到十岁，他父亲便去世了，家里又贫寒，没钱给他从先生读书。他母亲因见他生成的神力，要他跟着一班武生习武，他既没有钱，即不能认真从师，只能一面替那些武生做做箭杆、背靶子的粗事，一面跟着练习。后来投考，居然被他进了武学。他那人却有一宗奇怪，天生他那么大的神力，武功件件来得，就只不能骑马。无论那马如何纯善，他骑在上面，马向前走一步，他的身子便向后仰一下；马向前走两三步，他身子便从马屁股上，一个跟头栽下来了。每次骑马，每次如此，再也学不会。这也是他命运不该发达，才有这种大缺陷，使他不能下场。如他没有这种缺陷，怎的做一辈子的铁匠呢？"

师徒二人旋说旋走，至此走进一所茅房，雪门和尚停了步说道："这就是周老五的家了，你立在门外等一会儿，我先进去看他在不在家。"朱镇岳应着是。雪门和尚正待举步往门里走，就在这个当儿，不先不后的，从门里走出一个身躯高大的汉子，迎面见着雪门和尚，似乎有些吃惊的样子，随即双手一拱，哈哈笑道："雪大哥，今日是一阵什么风，吹到这里来了？几年不见，见面几乎不认识了！"

雪门和尚也合掌哈哈笑道："你倒还是几年前的模样，不露出一点儿老态来。"说笑时，随回头指着朱镇岳，给周老五介绍道，"这是小徒朱镇岳。"

朱镇岳走向前行礼，看周老五身穿蓝大布短衣，赤着双足，趿一双破烂的双梁布鞋；面皮黄中带黑，额下没有髭须。虽是一个粗鲁人的气概，精神却较寻常人满足，一望就知道是一个富于膂力的人。一面举手和朱镇岳答礼，一面向朱镇岳遍身打量，即现出十分欢喜的样子，说道："大哥何时收了这么一个好徒弟？见面不用问功夫，只看这样好的模样儿，就知道是个魁尖的角色了，难得，难得！"

雪门和尚道："老弟不要过于夸奖了，好容易说是魁尖的角色？只求马马虎虎在江湖上混得过去，不给我现眼就得哪！"

周老五高高兴兴的把师徒二人请进了大门。雪门和尚见屋里没有打铁的器具了，问道："你的手艺歇业不做了吗？"

周老五直将二人引到自己的卧室内坐下，才长叹了一声答道："大哥快不要提我的手艺了，今夜住下来，慢慢的谈吧。这时才见面，阔别了好几年，要说的话多着呢！"周老五说着话，转身出房外去了。

雪门和尚向朱镇岳道："看他这房里的光景，可见他近年的景况，是很萧条的。"

朱镇岳点头答道："照这家里的情形看来，还好像是才遭了横事一般。"

雪门和尚道："你何以见得是才遭了横事哩？"

朱镇岳道："这房里的什物都乱糟糟的，上面堆积这么厚的灰尘，不是才遭的横事，怎的成这般样子？"

雪门和尚举眼向房中四处一望，点了点头道："不错，你看床底下两口木衣箱，那盖不是打破了吗？唉！这人的命运也就太不济了，一个素来安分的人，想不到竟有什么横事到他头上来。"

雪门和尚没说完，周老五已走了进来，听了这话，即开口问道："大哥已知我遭了横事吗？"

雪门和尚答道："我从何知道？不过看了你这房里的情形，是这么揣度罢了，果是遭了什么横事吗？"

周老五道："确是遭了横事，只是我这横事是我自寻烦恼，不能怪人。大哥与令徒都长途劳倦了，且等洗了脚，休息休息再说。"即有一个二十来岁的女子，立在房门外，探首进房，向周老五呼着爸爸道："水已打好在丹墀了。"周老五回头说道："铁儿，不进来向大伯请安吗？"

雪门和尚知道是周老五的女儿，即立起身说不敢当。铁儿已走进房门，叫了一声大伯，叩头下去。雪门和尚也合十鞠躬答礼。铁儿起身，向朱镇岳也福了一福。

周老五望着雪门和尚说道："我这次遭的横事，很亏了这个小丫头，若没有她，我此时还在牢里坐着，何能坐在这里陪大哥谈话呢？"

雪门和尚看这铁儿虽是穿着青布衣服，一双大足，眉目间英气逼人，倒很有大丈夫气概，容貌也极端庄，没一些儿小家女子态度。随笑着点头答道："我也用得着你刚才说的那几句话，不必问功夫，只要见了这模样，就知道是魁尖的角色了。"

周老五引师徒二人，到外面洗了脚，扑去了身上灰尘。铁儿已在厨房里弄好了饭菜，虽没有什么山珍海馐，像那些富贵人家宴客的排场，几样蔬菜却整治得十分可口。师徒二人又在旅行之中，但能吃得上肚，便觉得舒畅了。

饮食既毕，周老五仍陪师徒二人回卧室坐下，从容说道："我可将我所遭的横事，说给大哥听了。今年八月十四日，我因出外收账，走一家门口经过，听得里面有妇人号泣的声音，夹着又听得有男子殴打和怒骂的声音。当时以为是人家夫妻口角，我自己有事，也就懒得过问。刚要向前走，只见那妇人已哭着跑出门来了，我不由得就停住脚一看，那妇人年纪在三十岁左右，衣服虽是破旧，容貌并不粗恶，一面披散头发往门外跑，一面口中喊天，背后跟着一个男子，追赶出来。我看那男子的年纪不过二十来岁，生得凶眉恶眼，打着赤膊，一身火腿也似的皮肉，伸开两手要抓那妇人。那妇人向我跟前跑来，我正打算让路给她好跑，她却向我跪下，求我救命。我心想：男女的年纪相差太远，决不是夫妻。男女之间，既不是夫妻，哪有相打之理？

"我一时见得那妇人可怜，便上前一步，阻止那男子，举手劝道：'老兄有什么事，尽好理论，她妇人家怎经得起老兄动手？'谁知那男子不识高低，见我阻住了他，即朝我两眼一瞪，恶狠狠的说道：'我的家事不与外人相干，请你不要多管闲事，免得自讨烦恼。你去打听打听，我冲天炮可是好惹的？'我一听这话，更觉得事情有些蹊跷了，心里越不由得不管，便笑答道：'我是外乡人，不知道老兄的名头，不要见怪！我生性喜欢多管闲事，今日的事我管定了。请问老兄，这妇人是老兄的什么人？有什么事，老兄定要给她过不去？'那男子也不回答，劈面就是一拳打来。我伸手接了他的拳头，笑道：'这就是老兄的冲天炮么？已经领教过了。'随将手一松，他就栽了一个跟斗，爬起来就跑。我也懒得去追赶，回头看那妇人，吓得在一旁发抖，我就盘问他们闹事的原因。那妇人诉说出来，真是要把我气死了。"

不知这妇人究竟诉说些什么话，且俟下回再写。

忆凤楼主评曰：

一馍馍而能充饥三五日，其功实同辟谷仙丹，惜其制法今已失传，不然，当此米价腾贵之时，一为仿制，其加惠穷黎将何如？吾又安得起雪门师于地下，而一问之耶？

齿痕一语，颇近神话，然姑妄言之，亦惟姑妄听之。小说本以消闲，正不必断断推求其究竟耳。

周老五天生神力，艺亦超群，而竟不善骑，诚为毕生缺憾，其天之所以困之耶？抑天之所以全之欲。

于写周老五遭横事之前，先写其室中凄凉之状，闲闲而来，曲折有致，非善为小说者，决不能好整以暇乃尔。

冲天炮有名无实，然自好笑，"此即为汝之冲天炮乎？"一言，洵属快人快语，当时冲天炮闻之，不知何以为情？

第七回

打痞棍大侠挥拳　劫贞孀恶徒肆虐

话说周老五说了这句话，雪门和尚便问道："究竟是怎么一回事，这么可气？"

周老五长叹一声道："近年人心之坏，真可算是坏到极处了。那妇人是混名'冲天炮'的寡婶，二十二岁守节，遗腹生了一个儿子，想刻苦抚养成人，度过这下半世。今年儿子还只有八岁，那妇人全靠替人做针黹、洗衣裳，弄几文钱度日，并没有亲房叔伯可以帮助。那冲天炮虽是同宗，已是五服之外的侄儿。

"冲天炮年纪虽小，只是生性凶横无常，一望就使人知道是个不务正业的东西。平日结合着一班赌棍，赌输了就偷扒抢劫，无所不为。近来输得太多了，没法弥缝，就转起寡婶的念头来了。串通了一个坏蛋，做六十两银子，连娘带子，卖给那坏蛋作妾。那妇人既守了八年寡，如何肯由一个远房侄儿卖掉呢？自然是抵死的不依。

"冲天炮用甜蜜言语劝诱，凶恶手段威逼，都不成功。直延到那日，八月十四，冲天炮的节关实在不得过去，又跑到他寡婶家，挟个破釜沉舟之势，非逼着他寡婶依遵不可。几言不合，就抓着他寡婶打起来。打一会儿又放开手，问依不依他。寡婶见松了手，就拼命向门外逃跑，恰好不前不后的，遇着我打那门前经过。我将冲天炮打跑，她即把前后情形哭诉给我听。大哥是知道我的性格的，亲眼见了这种伤天害理的事，能忍得住不过问么？"

雪门和尚点头道："这是自然不能不问，就是我也得管这闲事，后来怎么样哩？"

周老五笑道："大哥猜，那冲天炮被我打得跑向哪里去了？"雪门和尚笑道："我如何猜得着？"周老五道："他也不知道我是谁，以为多来几个人，便可将我打翻了。我当时正立着和那妇人谈话，忽听得身后一声喊嚷。我回头一看，足有二十多个人，每人手中都抄着家伙；也有拿刀的，也有拿棍的，高高低低，长长短短，一窝蜂似的向我围裹拢来。我虽是不及大哥那么好的功夫，但凭着我两膀的实力，他们那一窝子脓包货，怎放在我眼里？

"我一看冲天炮在人丛中，手里挽着一个流星，却不敢向前，只推别人的背。我气上来了，放开喉咙，向他们一声吼，走头的几个，早吓得退了两步。我那时也有些怕打出人命来，干连着自己不好，不敢动手打他们；只伸开两膀，蹿入人丛中，一手将冲天炮提了起来，举在头上舞了两下，对那些人说道：'你们谁敢动手，这就是榜样！你们不相信，我做个样子给你们看看。'我说罢，用力把冲天炮往空中一抛，足抛了两丈多高，落下来，我又一手接住。冲天炮只叫饶命。

"那些人见了，哪里还有一个人敢动手呢？狡猾的就偷着溜跑了，几个立在我跟前的，不敢溜跑，见冲天炮求饶，也大家向我作揖。我仍将冲天炮提在手中问道：'要我饶你容易，但是我饶了你之后，你给我什么凭据，永远不再上你寡婶的门？'冲天炮哀告道：'我如果再上这里来，你老人家尽管将我活活打死！'那几个帮打的汉子，也都齐声哀告说：'冲天炮若敢再对他寡婶无礼，便是我等也不饶他。'

"大哥，你是知道我性格的，平生服软不服硬。见他们如此哀求，我的心肠就软下来了，立时把冲天炮放下地来。那小子还向我叩了一个头，我又告诫了他几句，他才爬起来，领着一班凶汉去了。

"我那日讨账很顺利，身边有几十两碎银子，当时望着那寡妇可怜，一个七八岁的小孩子，知道自己的娘，被人打出来了，也追了出来，揪着那寡妇哭泣。那么炎热的天气，我看那寡妇身上穿的一件蓝老布单衫，补丁叠补丁，比一件夹衫还要厚得多，下身的小衣也是如此。那小孩身上就更可怜了，用一块做米袋的麻布，围着腿和屁股；上身赤膊，一丝不挂。那小孩的模样，却生得很是可爱，齿白唇红，眉清目秀，全不像是穷家小户的儿子。并且我听他劝慰他母亲的话，竟和大人一般，说的有情有理。

"我就往怀中摸出银包来，拈了几块碎银子，大约有四五两轻重，交给那小孩子道：'这点银子给你明天过节，买件新衣服穿穿。'那小孩真好，见我给他银子，连忙跪下来说道：'你老人家救了我母亲，怎敢再受这银子！'那妇人也是这般说。我就说道：'你收下来吧，我不是讲客气的人，这几两银子，我虽不是富人，却不在乎这一点。'那妇人还要推辞，那孩子便双手接着，泪眼婆娑的说道：'请问你老人家贵姓？住在那里？将来我长成了人，好报答你老人家的恩典。'我见他一个孩子能说出这种话来，心里又是爱他，又是替他难过，岂真有望他报答的心思？不过我也想知道那孩子的造就，便将姓名、住处说给他听了。

"我从那日回家，也没将这事放在心里。直到八月二十日，我一早起来，才就将大门打开。这时，小女铁儿还在刘黑子那里学武艺，不曾回家，家中只有我，和一个多年帮我打铁的曹秃子，因此早起开铺门，打扫房屋，都得我亲自动手。那日我正将大门打开，只见那个小孩子靠大门立着，一见我的面，就双膝跪下来，叫了一声周老爹。接着流泪说道：'我母亲被人抢去了。'这句话才说完，就掩面哭得不能成声了。我看那孩子身上，却穿了一件白大布单短衫，下身裤子也有了。

"我听得他说母亲被人抢去了，料知没有别人，必就是冲天炮。当下在大门外面，不好说话，即将那小孩拉进屋子，劝他止了啼哭。问他母亲被何人，在什么时候抢去了。他说道：'昨夜，我母亲带着我睡了，也不知道睡了多久，大约已到了半夜，忽然听得外面有人敲门。我和母亲都从梦中惊醒，母亲教我睡着不要做声，她轻轻爬起来，下了床，从门缝往外张望。昨夜的月光很明亮，母亲看见外面立着一大堆的人，吓得不敢开门，退回床上，抱着我哭道：'一定又是那个丧尽天良的东西，带人来逼迫我了。你不用害怕，我开门让他们进来，求他们放了你，你快去找寻周老爹，请周老爹来救我。'我母亲对我才说到这里，外面的门已敲得如雷一般响。那大门本来不大牢实，几下子便打破了。杨启成已带着一群拿刀枪的人，拥进了房。'

"我听了，就问那小孩，杨启成是谁？那小孩道：'杨启成就是冲天炮，他们一进房，哪由我母亲分说？一齐动手，将我母亲用绳捆了。我见那情形，捆好了我母亲，必然就要捆我。我趁人多纷乱的时候，溜出大门就跑，在山上树林里躲到天亮，才一路逢人便问你老人家的住处。到这门口好一会儿了，因怕差错，不敢敲门。'我当时便向那小孩问道：'你求我去救你母亲，但是你可知道，你母亲此刻被冲天炮，抢往什么所在去了呢？没有一个地名，教我从哪里下手去救？'那小孩说道：'冲天炮家里，我曾去过，你老人家同我去他家，就可知道我母亲在什么所在了。'我听了，就忍不住好笑，这真是小孩子说的话！冲天炮既做了这种事，岂有坐在家中等人去找寻的道理？"

雪门和尚道："这事也是叫人难处，但是除了去冲天炮家追问，也就没有旁的道路可走了。"

周老五点头道："后来毕竟是在冲天炮家，才得了那寡妇的下落。原来冲天炮自八月十四日被我打服之后，他不甘心就那么罢手。知道我是个过路的人，不能时常跑去替他寡婶打抱不平，因此又勾一班凶恶的痞棍，竟于黑夜用强，将那寡妇抢去。大哥是不知道这高店乡下的风俗的，就是谋财害命，杀死了人，也照例没有官府来过问，那些痞棍还有什么忌惮呢？我知道那寡妇有些烈性，恐怕被逼不过，寻了短见，因此连早点都不敢吃，即跟着那孩，跑到一个村庄里面。

"那小孩指着一所房屋向我说道：'杨启成就住在这房子里面。'我看那所房子很是不小，冲天炮既是个无赖，哪能住这么大的房子呢？遂问那小孩子道：'这房子是杨启成一家人住的吗？'那小孩道：'杨启成寄居在这里面，只有一间房子。'我问杨启成家里有多少人，小孩说就只杨启成一个。我心想，进去找杨启成，三言两语不合，说不定会动起手来，带着那小孩在身边不便，当下又回头将那小孩寄顿在一个偏僻的山岩里，吩咐他无论如何不要走动。

　　"我一个人走进那所房屋，跨进大门，就看见两旁横七竖八的堆了许多刀枪叉棍，却不见一个人。进了二门，才听得里面有许多人说笑的声音。我即高声咳了一咳，开口问道：'杨启成在里面吗？'话才说出，就像约好了似的，里面的人一齐应声而出，约莫有三五十个人，登时将我围在当中。我举眼看去，一个也不认识，并没冲天炮在内。人丛中有一个身躯高大的，睁开两只铜铃般的眼，向我喝问道：'你来找杨启成做什么？他的婶娘已嫁给我做老婆了，劝你安分些儿，赶紧回家去，不要多管闲事。我说的是好话，你若不听，管教你后悔也来不及。'请大哥说，我能受得了这般嘴脸么？"

　　雪门和尚笑道："这般嘴脸，谁也受不了，你当下怎么说呢？"

　　不知周老五怎样回答，且俟下回再写。

忆凤楼主评曰：

　　杨寡妇未被冲天炮挟去以前，幸而得遇周老五，始免误落虎口，否则其结果正未可知。虽然天下妇女，类杨寡妇之处境者亦多矣，又安得如周老五其人者，出而一一拯救之哉！

　　冲天炮，炮其名，实则人耳。妙哉周老五，竟目之为真炮，挟之于手，舞之空中以御敌，而敌乃为之辟易；于是乎冲天炮之效用大著，而周老五亦宜可膺炮手之称。

　　当冲天炮率其徒党，蜂拥而来时，声势何其雄也。及夫炮舞空中，群伏肘下，又何不振乃尔？脓包货，脓包货，诚为若辈之定评矣！

　　杨寡妇之子，聪明伶俐，令人爱煞。当杨寡妇二次被劫时，非彼往告急于周老五，则杨寡妇且终堕于恶人之手。又非彼作周老五之向导，则恶人之巢穴将终不可觅，是则杨寡妇之得脱厄运，与其谓出周老五之赐，毋宁谓出自其子之赐耳。

第八回

雄威振时伏群奸　剑光飞处惊小侠

话说雪门和尚问了这句话，周老五便道："依得我的性格，他们是这种样子对付我，我就得动起手来，哪里还有和他们说话的工夫？无奈那时有几个原因，使我不能立时动手。一则没有得着那寡妇的下落，不能就是一打了事；二则冲天炮并不曾见面，和他们打不出一个结局来，反使冲天炮好闻风逃跑；三则他们的人也太多，并有几个很像是有功夫的在内。我一个人赤手空拳，万一打乏了，既没一个来助拳的人，又已深入他们的巢穴，想打出来却不容易。所以当时只得勉强按捺住火性，向那睁眼对我说话的人，拱拱手说道：'请教老兄尊姓大名？杨家守节的寡妇，老兄凭什么可以勒逼她做老婆，难道全不顾一些儿天理和国法吗？我看老兄也是一个汉子，犯不着做这种不当人子的事。'旁边即有个三十来岁的人答道：'你要问我们大哥的姓名吗？你立稳了脚听吧，他是刘黑子的首徒，有名的何大胆——何金亮便是。杨家寡妇自愿嫁给我大哥，不与你相干，你若定要多管闲事，管教你来时有路，去时无门，我们早安排着等你了！'

"我还不曾回答，就听得冲天炮的声音，在里面喊道：'诸位老哥们，不要多说闲话，动手做了他就完事。'我一听这话，哪里还忍得住呢？知道那何金亮是个为首的贼徒，刘黑子决没有这种无赖的徒弟。并且小女在刘黑子那里好几年了，从来没听他说过这名字，料定是个冒牌的。凡是冒牌的人，哪有真实本领？我就用那擒贼先擒王的手段，冲天炮话才说完，他们还迟疑不肯动手的时候，猛不防一伸手，便将那何金亮捞在手中。论武艺我是打不过人，若讲蛮力，谁也弄不过我。我一手才捞着他的臂膊，他就想施展他的几手毛拳，打算一下将我的手洗落。我如何肯容他施展？只把三个手指头一紧，已将他提起来，两脚离了地，便没着力处。我一换手，抓了他的腰带，举起来悬在空中，和那日举冲天炮一般。只是这何金亮毕竟比冲天炮强些，他手下的人，也不是冲天炮那日纠合的那一群脓包货。

"何金亮见我将他举起，并不害怕，高声向众人喊道：'诸位兄弟，尽管动手，不用顾我。'何金亮一语才出，大家就真个动起手来。这一来，却把我弄苦了，何金亮练得一身好气功，锤打锥春都不怕。他把几句话说完，就鼓着气，一声不言语，听凭我拿着东挡西架，总不开口。有时手脚忽然一弹，有时拳作一团，我一心想冲出重围，身上就受他们几下，也不作理会。只是地方太小，围了三五十人，又都存心要让我累乏。大哥请想，何金亮的身躯高大，足有一百五六十斤，又是那么乱弹乱动的，我的气力即便再大些，也有困乏的时候。冲了好一会儿，哪里冲得出呢？"

雪门和尚跺脚道："你为何不将何金亮向外面用力抛去，好打出重围，再作计较呢？"

周老五叹道："我那时心里不知怎的糊涂了，若是能照着大哥的话，早把何金亮抛出去，也不会弄得我精疲力竭，还受了几处重伤，才拼命打了出来。"

雪门和尚笑道："当下竟被你打出来了吗？"

周老五道："若不打出来还了得，此刻哪有性命在这里陪大哥谈话？那时亏得有两个人，见我拿着何金亮当兵器，横冲直撞，恐怕把何金亮撞伤了，一拥上前；一个抢脚，一个抢手，死不肯放。我因占了双手，不好施展，只得将手一松。我手中丢了那一百五六十斤重的兵器，立即觉得身体灵动了，好在他们不曾将大门关上，又都没拿兵器，所以虽受了几处伤，还不至于跌倒。我打出之后，到山岩里寻找那小孩，幸得那小孩不曾走开。我只得将他带回家中，好再做计较。

　　"谁知冲天炮那种坏蛋，居然恶毒到了极处！破了一个寡妇的家还嫌不足，乘我被围困的时候，复统率一群恶棍，跑到我家中，将帮我打铁的曹秃子捆了，口中塞着一团棉絮，使他叫唤不出。到我这房里，翻箱倒箧，把我积聚的几百两银子，和四季衣服，搜括得一干二净。

　　"我带着那小孩回家时，他们已经远走高飞了。我看了这情形，几乎气了个半死，当下只得将捆曹秃子的绳索解了，问共来了多少人，抢去了多久。曹秃子道，才来了十二三个人，手中都不曾带长大的兵器。因在白天，各人只带了一把尺来长的解腕尖刀；抢劫之后，都从后门逃走，此时大约还跑不到三四里路。

　　"我听了才逃去不久，哪能忍住不去追赶呢？便随手拖了一条木棍，也从后门追赶下去。好在他们只道我被困，打不出来；曹秃子已经捆倒了，必不会有人追赶，因此跑得不快。我追了六七里路，就见冲天炮率着一群恶棍，在前面缓缓的走。我追到切近，他们听得脚步响，一回头看见是我，哪里还顾得性命？都飞也似的往前跑，我也只得拼命的追赶。

　　"他们见我追赶得急，就分开来，四散奔逃。我心想：这些恶棍就追着了，也不中用，须追着冲天炮，事情方有着落。便紧一紧脚步，牢牢的盯着冲天炮追赶。冲天炮径向着自己家里跑，我也顾不得他们人多势大，又进了那个村庄。这一来，却险些儿把我性命，送在村子里了。

　　"我这日从大清早起来，水米不曾入口。第一次冲出重围，早已打得精疲力竭，身上的伤还在其次，来回跑了几十里，又气又急；肚中虽不觉得饥饿，只是身体疲乏极了。当时一鼓作气，也不暇顾及利害，追进了大门，心里才想起，我已这么疲乏，如何能再和他们交手，不是枉送了性命吗？立时就打算抽身退出来。谁知才回身走了几步，里面那班恶贼已追赶出来，便在大门外面一个草场里，又动起手来。我不曾施展几手，毕竟因为力乏，被他们打倒了。

　　"依冲天炮没天良的恶贼，就要动手将我打死。亏得何金亮不肯，七手八脚的把我捆绑起来，抬进里面一间四面不通风的房内，监强盗一般的监禁我。到了那时候，也只得听凭他们处置，闭眼合口，一声不作。若不是小女铁儿这日跑回家来，听了曹秃子的话。由那小孩带领前来救我，纵然我没有性命之忧，这时只怕还监禁在那房里，不能脱身呢！"

雪门和尚问道："杨家的寡妇，救出来了没有？"

周老五点头笑道："若不曾救出来。我就肯罢手吗？今日才将那寡妇母子安置妥当，就在我这隔壁租了两间房子，给他母子居住。那小孩定要给小女做徒弟，小女倒也喜爱他伶俐，情愿收他做个徒弟，替他取个名字叫杨天雄。现在定了每日早晚，跟小女练功夫。"

雪门和尚喜笑道："我看这个徒弟，将来练成功，一定是不凡的。我且问你，你那日被冲天炮一班人，抢劫去了的银钱和衣服，都夺回了么？杨家寡妇，你们怎生救出来的？冲天炮、何金亮等一帮恶棍，此时怎样了？你都不曾说出来，痛快的话一概不说，真叫我纳闷得很！"

周老五笑道："我那日打也打得乏了，此时说也说得乏了。我想大哥和令徒长途跋涉，也很劳倦，应休息了，我因此更不敢多说。"

雪门和尚回头看朱镇岳的神气，也实在是有些支持不来了，便答道："就此休息，也使得。"随用手指着朱镇岳，向周老五说道："他自出娘胎，所受的辛苦，今日算是第一次。我因是有意使他历练历练，才引着他走这小路。我和刘黑子多年不见了，想带他去拜望一回，将来在江湖上，也多少得点儿照应。"

周老五道："大哥带他去拜会刘黑子，怎么从西安跑到这里来了呢？就是有意走小路，也不应该绕这么大的一个圈子。"

雪门和尚才将朱镇岳初次出门，忌讳鬼门关地名，并先到陈仓山看几位镖师的话，说了一遍。这夜，师徒二人就在周家安歇了。

次日天才黎明，朱镇岳醒来，正待起身做功夫，忽听得院内有呼呼的风响。仔细听去，知是有人在院中舞剑，心想："必就是昨晚见面的周铁儿，她是刘黑子的徒弟，我正打算领教她的本领，只苦于不好开口，此时何不悄悄去偷看她一回？"

主意一定，连忙下床，穿好了衣服，走到丹墀里，一跃上了房屋，就伏在屋脊背后，伸出头来，向后院中探看。只见铁儿用青布包头，短衣窄袖的，正提着一把寒光射人的剑，在院中从容击刺。旁边立着一个眉目如画的小孩，凝神注意的望着铁儿，铁儿偶一抬头，见有人在屋脊上偷看，立时脸上变了颜色。

朱镇岳见已被铁儿瞧着了，退下来似乎无礼，正想立起身，索性和铁儿见礼，猛见白光一闪，那剑已直向头顶飞来。

朱镇岳不曾安排和人动手，自然是赤手空拳，幸得贴肉穿着那副软甲。当时进退都来不及，只得将头一偏，那剑在肩上刺了一下。虽不曾伤损，心里却是气愤不过，脱口骂道："好丫头，你等着吧！"随即飞身进房，伸手从壁上取了宝剑，翻身仍从屋脊上跃到院中。

铁儿已拱手赔笑说道："得罪，得罪！我实在不知道是朱大哥，幸恕唐突。"

朱镇岳怒道："你两眼不曾瞎了，分明是存心欺负人。此时我和你没什么话说，你刺了我一下，我也刺你一下就完了。"一面说，一面举剑刺下去。

周铁儿何尝不知道是朱镇岳？也是朱镇岳一般的心理，想领教领教朱镇岳的本领。因昨晚听得她父亲对她说，雪门和尚的本领如何高妙，并说就看他这徒弟的气概，也像是个很有本领的。她父亲夸奖朱镇岳，她心里已有些不服，她父亲夸奖之后，又叹息自己没有福命，没有这么好的儿子，铁儿因此更加气愤起来。只因自己是个女孩儿，不便说出来要和朱镇岳比试，纳闷了一夜。

次日早起，在院中教杨天雄的剑术，偶然抬头，见朱镇岳在屋脊上偷看，立时又羞又愤，举剑向朱镇岳头顶，撒手便刺。及见朱镇岳居然不曾受伤，心里这一惊才是不小，暗想："我的剑刺天空飞鸟，百不失一，如何倒刺不着人了呢？这人的本领果是不小。我今日若败在他手里，将来怎好见人？没法，只有装作不知道，向他谢罪一声，免了这场羞辱。"所以朱镇岳向她动手，她只是闪开身子，连赔不是。

朱镇岳见一下不曾刺着，正待使出看家本领，报那一剑之仇。猛听得雪门和尚立在屋脊上喝道："岳儿不许无理，强宾不压主的话都不知道吗？"说着已飞身下来。

朱镇岳忙丢了铁儿，跑到雪门和尚跟前诉道："这丫头无端刺弟子一剑，师父得替弟子做主。"

周铁儿见雪门和尚下来，知道不妨事了，也连忙跑过来，向和尚福了一福道："求老伯替侄女做主，侄女实在不知是朱大哥，冒昧动了一下手，已向朱大哥再三谢罪……"朱镇岳不待她说完，也不等他师父答话，朝着铁儿"呸"了一口道："你刺我一剑，就是一句空话谢罪可以完事吗？我若被你杀死了，你不也是说一句对不起，就不教你偿命吗？"

雪门和尚道："胡说！你就挨姑娘刺一下，又算得什么事，值得这般认真？罢了，不许你再说了，大家见个礼完事。"

周铁儿听得，即向朱镇岳行礼。朱镇岳不好意思不睬，只得答礼。雪门和尚见杨天雄立在旁边，随用眼打量了一会儿，笑对朱镇岳道："这孩子的骨格正和你相似，只要他肯用功，将来的造就也是未可限量的。"杨天雄见和尚奖励他，即过来向和尚行礼。

此时，周老五听得院中有说话的声音，料是雪门和尚师徒起来了，也走了过来。见朱镇岳提剑在手，只道和自己女儿比较剑术，笑着问道："你们动手比试么，怎的不给我一个信？等我也好来看看热闹呢。"

雪门和尚也笑着答道："你还想看热闹？若不是我这徒弟生得顽皮，几乎被你姑娘一剑刺死了。看你我兄弟这本账，将怎生算法？你不知道我这个徒弟，我费了九牛二虎之力，才收在我门下。我肩上这副千斤重担，须待我的浮屠七级成功，方能放下。若在此时有个差错，我回不得西安还在其次，可怜他父母两条性命，就活活的断送了。你说这本账，算得清么？"

周老五因不知就里，还不曾回答，铁儿已笑说道："怪不得老伯传朱大哥，这一身惊人的本领，宝剑都不能伤损毫发，侄女拜服极了。"

周老五望着朱镇岳，笑得合不拢口来，心里十分想招做女婿。只因自己的身世过于寒微，明知朱镇岳是个贵家公子，必不肯娶一个铁匠的女儿做老婆，只得勉强将这念头打消。朱镇岳见周老五望着他，张口只是笑得合不拢来，虽不知道正在转他的念头，但他是个不曾在交际场中混过的人，面上很觉有些难为情。

雪门和尚看了这个情形，自然猜得周老五的用意，心里也就觉得这事办不到。见自己徒弟调转脸望着空处，料是被周老五看得难为情起来，即笑向周老五道："我们不要耽误了他们练功夫的时刻，到前面去漱洗吧。昨夜没有谈了的话，趁早就说给我听，我师徒用过早点，还要赶路呢。"

不知周老五怎生回答，且俟下回再写。

忆凤楼主评曰：

何金亮自称为刘黑子之首徒，夸之于他人之前，可耳，奈何夸之于周老五之前。吾知其一旦得审周老五之底蕴，当不知若何懊丧也。

"凡是冒牌的人，哪有真实本领？"数言可谓快人快语。虽然今世之喜冒牌者亦多矣，一己本领如何，固非所计，又宁一何金亮而已哉！

冲天炮，炮耳，宜可持之以为兵器。不图周老五竟以前之所以施于冲天炮者，复施之于何金亮。循是以往，凡与周老五对垒者，固无人而不可为周老五之炮。而周老五炮手之能名，且将轰传天下矣。

朱镇岳精于剑术者也，周铁儿亦精于剑术者也。一旦相遇，又安得不跃跃欲试，欲相一较高下，矧又皆在少年气盛之时乎？然而此飞一剑，软甲之功用何神！彼飞一剑，老师之叱声忽至。于是比剑之事终无成，徒令一般读者目眈眈、心跃跃，空劳一番盼望耳，作者亦狡矣哉！

第九回

入龙潭娇娃救父　搜兔窟弱女锄奸

话说周老五听了这句话，才把视线离了朱镇岳，点头应是。于是三人撇了周铁儿、杨天雄，到前面来。漱洗完毕，周老五指着打铁的炉锤，向雪门和尚笑道："我这家铁店，在这高店地方开了三十多年，就为冲天炮这东西，硬给我把台拆了。只是我这台虽被他拆了，我却不曾吃亏，还多少得了一点便宜。"

和尚问道："这话怎么说呢？杨家寡妇被你救出来了，冲天炮抢劫了你的衣服、银两，也被你夺回来了，冲天炮怎的倒拆了你的台呢？"

周老五哈哈笑道："他们那日，将我捆倒在一间四面不通风的房里，却又不敢饿坏了我，喂了几个又粗又黑的馍馍给我吃。我那时心想：铁儿在刘家坡，轻易不大回家，她不得着我被困的消息，断不能前来救我。惟有养足精力，扯断绳索打出去，到刘家坡去找几个帮手来，出了这口无穷之气。叵奈那捆我的绳索，他们当强徒的人很有讲究，是用头发和苎麻结成的，有大拇指粗细，又柔软，又牢实，比铁链还不容易扯断。用尽平生之力，扭了几次，松动是松动了些儿，只是扭不断，手脚脱不出来。倒被那看守的王八蛋，看出来了，跑去报知了何金亮，又在我手脚上，加了两条小些儿的头发绳。这就无论是谁，也别想能扭得断了。我那时心里免不了有些着急，但是想不出脱身的法子来，也只好听天由命。

"到了半夜，我正在睡梦中，忽觉有人将我推醒。我一转动，见手脚的绳索已解了，睁眼一看，只见一个穿黑衣的人立在旁边，手中扬着火筒，照得那人脸上，和戏台上的花脸一般，颔下一部红胡须，有尺来长。我素来胆大，见了那个模样都吓得心惊，心里还疑惑是在梦中遇见鬼了呢！那人见我转动，忽然低下头，凑我耳边呼道：'爹爹醒了么？你女儿救你来了呢！'

"我一听小女的声音，连心花都开了。满想一翻身爬了起来，好去找何金亮、冲天炮一班杂种算账，谁知捆绑太久了的人，手脚都不由自主了，哪里翻得起来？只得说道：'我醒了，只是动弹不得。你为甚弄成了这般模样？'小女道：'爹不能动弹不要紧，你女儿背着到外面再说。'亏得小女天生和我一般的力气，背着我从屋上出了村庄，跑到我日间安顿杨天雄那山岩里，才将我放下。

"那杨天雄即跑过来问安，我见了不觉吃惊问道：'你怎么还在这里？我不是曾带你回家去，我一个人追到这里来的吗？'小女答道：'不是这小孩，女儿怎知道爹被困在这村庄里？女儿黄昏时候回来，才回到家中，见了家中那种七零八落的情形，曹秃子又被捆坏了手脚，倒在床上动弹不得。幸亏这小孩子把前前后后的事，对我说了一遍，我才知道爹追强盗，追得没有下落。小孩引我到这里来，说强盗就在这村庄里面。我说，我进去寻强盗，你这小孩怎样呢？小孩真聪明，对我说：老爹白日曾将我寄顿在这山岩里。我于是就将他留在这山岩里，我一个人进村庄，各处都寻遍了。及到那间房上，听得下面看守的人说话，才知道爹在那房里。好在我身边带了鸡鸣香，把两个看守的人熏过去了，才下来替爹解了绳索。此时爹的意思要怎么办呢？'"

雪门和尚听到这里，忍不住插口笑道："你那时的心里，想必是快活到极处了。"

周老五打着哈哈答道："快活自不消说得，不过心头还气得很。杨家寡妇没下落，抢劫去我的银钱、衣服，我都不气；我气的就是将我捆绑那么久，是我平生第一次受的羞辱。这口恶气不出，我死不甘心。我当下对小女也是这般说，小女道：'没要紧，我且去把被抢劫去的银钱、衣服找回来，再寻杨家寡妇的下落。'小女说完，复翻身进村庄里去了。我就带着小孩，坐在山岩里等候。

"不多一会儿，只见小女笑嘻嘻的走来，向我说道：'爹手脚可以动了么？'我立时跳起来说道：'我手脚早已活动了，要怎么办？'小女道：'我已将一群恶贼都制服下来了，请爹去处置他们便了。'小女又对那小孩说道：'你也同去，好认你的母亲。'

"于是三人一同进那村庄，只见从里到外，一路的门户都开着了。小女在前面扬着千里火筒，照得明明白白。二门以内，每间房里，酣睡着五七个大汉，也有睡在床上的，也有胡乱躺在地下的，都和死了一般，并没一人能睁眼瞧看。小女在那些人脸上每人照了一照，问我认得出冲天炮及何金亮么？我说，这两个坏蛋便是死了，我也认得出来。一连照了几间房，看了三五十人的脸，就只不见那两个坏蛋。寻来寻去，杨家寡妇倒被我们在一个小小地窖子里寻着了。却好，据寡妇说，何金亮并不曾向她逼奸。抢去之后，就将她禁在那地窖子里，手脚用镣铐锁了，也没人看守。他们这回举动，全是因冲天炮受了我的羞辱，哀求那班强徒替他出气的。其实何金亮虽然无赖，并没有想强逼杨寡妇成亲的心思。我们当时既把杨寡妇救出来了，又各处搜寻了一会儿，看寻得着我失去的银钱、衣服么。

"一个庄子都寻遍了，不但寻不见银钱，几个破橱里连好点儿的衣裳都没有，我失去的财物是丝毫也见不着。小女道：'银钱、衣服事小，只要何金亮及冲天炮不死，总有和他们算账的一日。且将他母子送回家去，爹也回去，女儿明天一个人再上这里来，还愁何金亮、冲天炮不双手把我家的东西送还吗？'我听了，也只好如此，既见不着他们为首的人，就在那里等一夜也不中用。

"我们出了村庄行不到一里路，忽见前面来了六七个人。杨天雄眼快，一见就说有冲天炮在内。话不曾说完，前面的人果然折转身就跑，分明是已看出我们来了，知道决不与他善罢甘休。这时和冲天炮同走的人又少，如何敢不跑，硬来和我们对敌呢？小女听说有冲天炮在内，也不说什么，一手将杨天雄提起，放开脚步便追，真是比飞鸟还快。看看要追上了，他们又分途四散逃跑起来，杨天雄仍是认得出，指给小女看。小女就单追冲天炮一人，哪里消得几步就追上了前，回头一声喝道："你再不停步，你姑娘就用飞剑取你的狗头了。杀你这个坏蛋，只当踩死一个蚂蚁，费不了你姑娘半丝力气！"小女边说边亮出剑来，顺手一剑，将路旁一株合抱不交的大树，削作两段，"哗啦啦"连枝带叶，倒了下来，遮了半亩大的地面。

"冲天炮一见，魂都吓得冒出来了，怎敢回头再跑？来不及的跪下来，只管叩头求饶。小女骂道："你这坏蛋，也求姑娘饶你么？容易，何金亮现在哪里？你快将他交出来，这是一件；还有一件，你抢劫了我家的银钱、衣服，也得快些交出来。若少了一钱银子、一件衣服，姑娘取定了你的狗命！'

"冲天炮哀求道："何金亮是刘家坡刘黑子的徒弟，有了不得的武艺，我如何能将他交出来呢？我只将他住的地方告诉姑娘，请姑娘自己去找他。'小女不等他说完，又骂道："胡说！他住的地方我都抄查过了，哪有何金亮在内？你这混账东西，想骗着我好脱身么？'冲天炮不慌不忙的答道："姑娘是在大村庄里抄查他么，那怎能见得着他呢？那大村庄是他白天赌钱和聚会同伙的所在，他收的几十个徒弟都住在里面。他自己夜间却不住在那里，他住的地方，离这村庄有三里多路，他有老婆、儿子，都住在那里。'

"那时我见小女追赶冲天炮去了，心里有些放不下，教杨家寡妇，在僻静地方等着，我也追下去。冲天炮说完这话的时候，我正赶到了，小女便将杨天雄交给我，要我先带着杨家母子回去。我想：有她母子在眼前，动手时多有不便，又没有好地方寄顿，只得依了小女的话，先带领她母子回家。

"小女就押着冲天炮，跑到何金亮家里。劈开门进去，何金亮不认识小女，还只道是江湖上的人来讨盘缠的，又向小女拿出刘黑子的招牌来。小女哈哈笑道："好不害臊！刘黑子有你这种不成材的徒弟？我且问你，你既称是刘黑子的徒弟，你可知道你师父是何时的生日，你师母娘家姓什么，也是何时的生日？只要你说的不差，我就认你是他的徒弟。世上大约没有徒弟不知道师父师母生日的。'何金亮既是冒牌，如何能知道这般详细呢？竟被小女问住了，开口不得，恼羞成怒，就和小女动起手来。大哥请说，他可是小女的对手？绝不费事的，几下就打服了。小女向他追冲天炮抢去的赃物，我的衣服都在何金亮家，银子何金亮分了一百。小女自己动手，翻箱倒箧，搜出一千二三百两银子来，连衣服一并包了。提得回来，已是天光大亮，这就是昨日早起的事。

"小女说我年纪老了，家里有这千多银子，也可以过活了，劝我歇了手艺。我心想：这手艺本来没多大的利息，冷天还好，就是六七月的炎天难受。就只因我没有旁的本领，可以混饭吃，而我这店子又开了几十年，所以不肯随意歇业。小女既是这么劝我，身边又有了这些银子，我就活到七十岁，也只二十年了，这些银子，还不够我吃喝吗？"

雪门和尚至此才笑答道："你有这么出色的一个女儿，便没有这点银子，哪里就愁了吃喝？这种辛苦手艺，不干它也就罢了。"

周老五听得夸奖铁儿，心中异常高兴，望了望朱镇岳，又低下头，略停了一停，即起身向和尚使了个眼色，自己先往里面房中走。雪门和尚已料定必是想将铁儿，许配朱镇岳，一面跟着起身往里走，一面心里打主意，应怎生回答。

二人同进房中，周老五握住和尚的手说道："大哥知道你侄女还没有婆家么？这高店地方，实在没有相匹配的孩子，大哥应得替你侄女，留神择一个好孩子才好。"

和尚连连点头笑道："我应得替她留神，只是我的心目中也是和你一样，一时想不出堪匹配的人物来。"

周老五见和尚故作不明白自己用意的样子，只得明说出来道："不知大哥这位令徒已经定了亲事没有？"

和尚道："亲事是好像还不曾定，只是这时还说不到这事上面去，因为他有父母在西安，亲事尚轮不到我做师父的作主。不过老弟既托了我，我总得留心物色，回西安后，自有信来。"

周老五问道："大约在何时，大哥可回西安呢？"

和尚道："原定了在外面游三个月，大约至迟也不会过一百日。"

周老五道："我本多久想去西安一行，三个月后，我到西安来看大哥好么？"和尚只得点头应好。

二人仍回到外面，朱镇岳已将包袱结束停当，于是师徒二人别了周老五，向陈仓山进发。才走了半里多路，朱镇岳道："师父看周铁儿的功夫，比弟子怎样？"

和尚笑道："你此后对于功夫不懈怠，她一辈子也赶你不上。只要放松半年，就不是她的对手了。刘黑子和我的路数不同，铁儿若是和你同在我门下，她有天生的那般神力，成功自不在你之下；因她的家数不同，今早如果你两人动手，你有软甲护身，不至受伤，她必被你削去一足。"

朱镇岳喜道："弟子也是这般想，她若动手招架，弟子即用翻云手杀她，料她也逃不了。"

和尚道："她逃是逃不了，但叫我怎生对得住她父亲？更怎生对得住刘黑子？你此后在外须得小心谨慎，不到万不得已，决不可轻易和人动手。须知在江湖上行走的人，凡是有些声名的，必然有些来历。每每有因一句话，得罪了一个不相干的人，弄得结下无穷之怨，到处是和你为难的人，简直是遍地荆棘，开步不得，便有天大的本领，也莫想在江湖上混。即如今早的事，你若真和周铁儿动手，打输了自己吃亏是不待说；就是打赢了，削了她一只脚，周老五已是五十岁的人了，只有这一个女儿，被你弄成了残废，你说他心里甘也不甘？刘黑子是她师父，得了这消息，能放手不替铁儿报仇么？眼见得刘家坡就不能去了。所以江湖上、绿林中的朋友最讲信义，不专尚本领，就是为的本领不足靠；任凭你本领登天，也当不了大家与你为难。只有'信义'两个字，百万人千万人，也敌他不过。"

朱镇岳听了，心里不大悦服，问道："周铁儿无端刺弟子一剑，险些把命都送了，难道在江湖上讲信义的人，便白送给她刺了，因怕结怨就不回手么？"

　　和尚大笑道："真能忍住不回手还了得？忍不住要回手也是人情。但人家既已向你低头，你身上又没受伤损，落得做一个大量的人物，却又不曾示弱于她，岂不把上风占尽了，还待怎样呢？你不见周铁儿那一双眉毛，足有三寸长，斜飞入鬓，两眼也带着杀气，在男子中都算是很英武的相。她性情之不肯服低就下，一见面就可看得出几成来。好容易叫她两次三番的向你赔不是吗？她因不知道你身上穿着软甲，只道你是练就的这种刀剑不入的功夫，才不敢和你动手。我其所以不将软甲的原因向她说出来，并不是怕她翻脸，放胆和你动手；仍是怕你伤了她，损了人，害了己。"

　　朱镇岳见和尚如此说，心里才高兴了，一气走了二十多里，山岭崎岖的道路，觉得比昨日走得更加吃力。雪门和尚用肩挑着禅杖，从荆棘丛中劈开道路。朱镇岳跟在后面，只苦力乏，但见师父这么老的年纪，还走前面替自己开路；自己年纪轻轻的，实在不好意思说出困乏的话来。只是雪门和尚见他不说困乏，便不停步的只向前走。这座山上并没一株大点儿的树木，尽是人多高的荆榛之类。上山的时候，尚有一条弯弯曲曲的羊肠小道可走，虽是被两边的荆榛长满了，还望不出路径来；然循着那路，一步一步的走去，比没有蹊径的毕竟好些。

　　谁知正走得力乏的时候，雪门和尚忽然停住脚，举眼向四围看了看山势，对朱镇岳说道："我们要改方向了，这是一条附近山民打柴的路，围着山腰，和替这山系了一条腰带相似，走来走去，仍得退归原来的路，没有三四日，绝行不了一周。我们此刻须改途向山顶走去。不过没了这条路，又难走些，你且就这块石上坐下来歇息歇息，吃点儿干粮，再打起精神走吧。你要知道人身的力气和井里的泉水一样，十年不取水，也不过是一满井，或者还有干涸的时候；每日取水，每日仍得浸满一井，并且还是新鲜水，比十年不取的水好得多。气力不用，不会增长，更有退下去的时候；今日把气力用尽，明日的气力便得增加许多。我这次带你出游，访友在第二，领着你习劳耐苦是第一。"

朱镇岳坐下来，解开包袱，取出两个荤素干粮来，双手掰了一个素的给师父，自己吃了一个荤的。问道："陈仓山有几个什么样的人物，住在那里呢？"

不知雪门和尚如何回答，且俟下回再写。

忆凤楼主评曰：

周老五被困敌巢之中，绳索系其身，自以为绝望矣，忽飞将军从天而下，救之而出，此其欣喜为何如？矧救之者又为其爱女子！

恶徒喜破人室家，劫人财物，今即以其人之道，还诸其人之身，令人阅之拍案叫绝，浮一大白。而周老五于是乎因祸得福，可以鼓腹而嬉，歇业不为矣。

周老五之于杨寡妇，既拯之于水火之中，复登之于衽席之上，确是侠客行径，令人肃然起敬。

天下未有执贽门下，而尚不知其师之生日者，其理至当，其语至趣。铁儿即据是而向何金亮作咄咄逼人之举，尖利哉此小姑娘；何金亮又安得不大窘而特窘哉！

周老五欲引朱镇岳为坦腹，虽嫌太不自量，然故人情之常，盖为父母者孰不愿其爱女得一乘龙快婿？于是一切都非所计矣。

雪门和尚以人之精力与井水相喻，其义至为精确，愿一般青年，取而一细味之。

第十回

道左乞怜群盗丢丑　洞前膜拜老猿通灵

　　话说雪门和尚，见朱镇岳问陈仓山住了些什么样的人物，便也就一块石头上坐下来，笑道："说起住在陈仓山的人物，真是一时也算不清。老的少的，强的弱的，从前当保镖达官的，从前在绿林的，总共有二十多个，还有天台山也住了十来个。不过我打算带你去拜会的，只有杨海峰一个，以外的见面不见面，都没要紧。讲到那个杨海峰，也是江湖上一个很奇特的人物，声名不在刘黑子之下。

　　"他原籍是安徽人，小时候在安徽一家当店里当徒弟。那时开当店是很不容易的，动辄就被强盗抢劫了，因此稍为大点儿的当店，总得请一两个好功夫的教师，一面保护，一面教当伙计的功夫。一家大当店至少也有十来个能动手的人，才能保得住，不被强盗抢去。杨海峰十七八岁的时候，在那些伙计徒弟当中，就没人及得，几次来了强盗，只有他一个人出力最多，他的声名在当徒弟的时分，就宣传得很远。

　　"他的师父，本是个有名的保镖达官，一次，他师父病了，恰好一起大客商来找他师父保镖，算是一笔很大的生意。他师父待不承接吧，心里实在有些割舍不下；承接了吧，又病得挣扎不起来。正在左右为难之际，杨海峰跑来看他师父的病，他师父一见面，心里高兴，也不和杨海峰说明，一口便把生意承接下来。杨海峰听得说，也绝不畏惧，许多人倒替他捏着一把汗，劝他不要出马，这不是当耍的事，他只笑着，也不回答。那时他才二十岁，毕竟押着十几辆货车，从安徽到达河北，在路上并不扯他师父的旗号。

"一日，遇着五个劫镖的，欺他年轻，隔两丈远近一个，和把守关卡一般的，不让他过去。他却不和五人交手，拿出五把箬叶般小的尖刀来，每人脚背上一把，牢牢的钉入土中，五人都动弹不得，只得一个个哀求他，并请问他的姓名。他尽情告诫了一顿，才说出自己姓名来，将五人放了。一路把镖押到河北，不曾损失丝毫。

"于是杨海峰三个字，在江湖上，便是绿林中老前辈，也怕弄他不过，坏了自己的名头，不敢轻于尝试。从这次起，虽仍在那家当店里做伙计，只是投他保镖的，一月多似一月，一年多似一年。后来他师父一死，河南直隶一带，差不多成了他管辖的地方了。李秀成慕他的名，卑辞厚礼的把他接到南京，听说他很帮李秀成做了几件大事。不过既弄到一败涂地，他仅仅逃得了性命，便对人再也不敢承认这助逆的话，虽明知我是个世外人，他也不肯多说。他在陈仓山已住了四五年，他从前的部下和徒弟，很有不少的人找来想和他同住。人品不大端正的，他都用好言辞却；和他关切得很的，才肯留下来，就在陈仓山底下，耕种了几亩地。"

朱镇岳问道："几亩地够他们衣食吗？"

雪门和尚说道："说到他们的衣食，又是很好笑的了。几亩地能供给了多少？他们又都是不会耕种的人，不过挂个名儿罢了。杨海峰一生不曾在绿林中混过，他自到陈仓山，居然有些绿林中朋友按年按月的，贡献些银钱给他，却又不是想招他入伙。他们这几年的衣食，大半是这样没有来历的来源，你看好笑不好笑？"

朱镇岳道："可见人不可无本领，杨海峰若没有这点儿本领，绿林中朋友，为什么要拿着自己辛苦得来的银钱，去供给他们呢？但是依弟子的意思，这种没有来历的银钱，杨海峰既是一个豪杰，就不应该承受。虽说是出于绿林中朋友，一番敬慕的心思，只是绿林人物哪有义取之财？无非是打家劫舍、杀人放火得来的。杨海峰当日且曾做保镖的达官，今一旦失志，不应便如此苟且。"

雪门和尚听了，登时现出极欢悦的颜色，说道："好呀，你知道如此着想，我真不愁你有非分的举动了！但我此次带你去拜杨海峰，并不是倾敬他的品格，也不是恭维他的本领。他那种本领，在江湖上混饭，对付绿林中人物则有余，拿来和我们当剑客的比较，还够不上'本领'两字呢。我的主意，原是要借着山路崎岖跋涉之苦，圆成你的外功。而他们这班人，领你认识认识，异日或也有得着益处的时候。你到了那里，却不可因瞧不起他们的行径，露出傲慢的样子来，犯不着无端把一干人得罪。"

朱镇岳连忙说道："弟子怎敢如此？就是弟子刚才所说的意思，也因为把杨海峰当个豪杰，方用得着这'春秋'责备贤者之义。若换做一个寻常保镖的人，和绿林中人通同一气，本来不算什么。"

师徒二人谈罢，朱镇岳已觉休息够了，都立起身，改道向山顶上走。仍是雪门和尚在前开道，朱镇岳跟在后面，用尽平生气力，一步步如登天一般。好容易爬上了山顶，一看这山背后，朱镇岳不觉失声叫道："好了！"

雪门和尚问道："什么事好了呢？"

朱镇岳笑道："刚才所走上山的路，都是在荆棘里面钻爬，上头刺面孔迷眼睛，下头钩衣服，刺得脚板生痛；连两只手掌都因为拨开这边，撩开那边，把皮也划破了。山这面尽是石头，草都没长着一点在上面，下山不省却许多气力吗？"

雪门和尚笑道："怪道你这般高兴叫好了，既是可以省却许多气力，便再歇歇也没要紧。今夜就在这山底下，寻个可以栖身的岩穴，胡乱睡一觉，明日就好翻过对面那座山了。"

朱镇岳随着和尚所指的方向，看对面那座山，和自己脚底下踏的这座山峰，高下似乎差不多。只因相隔太远，看不出那山上有无树木。但是一眼望去，凡目力所到之处，绝不见一户人家，也不见有人行走，连飞禽的影子、走兽的足迹都不曾见着。

正待问这几座山怎么这般寂寞，和尚已指着对面那山说道："那山本名西太华山，与太华山、少华山遥遥相对，后来叫变了音，都叫做西陀佛山；因在宝鸡界内，又叫做宝鸡山。就有许多好事的人，附会其辞，说那山上有一只宝鸡，时常出现，立在山顶上报晓，离山几十里的人，也都常说亲耳听得那宝鸡叫过。

"山上确实有一个石洞，十五年前，我走那山上经过，因天色不早，便歇在那洞里。正是十月二十九日，将要下雪，夜间彤云四布，不但没有月光，并一点儿星光也没有。我拿包袱做枕头，正待睡觉，猛听得洞口有极轻微的脚声，向洞里走得很快。我的耳贴在地下，听得明白，若是兽类，应有四脚踏地的声音，这分明只有两脚落地。若是人，没有那么轻快的脚步，猜度必是一种怪物，才住在这石洞里。当下即翻身坐了起来，拔剑在手，听那声音走到离我约有两丈远近，仿佛向左边转了弯，一会儿就听不着声息了。

"我那时心想，我进洞的时候，是曾看见前面还有一个小洞，洞门只有尺来高，七八寸宽；里面有多大，虽不曾探头去张望，但是那洞口不能给人出进，是可一望而知的。这怪物向左边转弯，必是钻入那洞里去了。此时天黑如漆，又在石洞之中，若动手去杀它，给它逃走了，我还不知道它是一种什么形状的怪物。不如且堵住那个小洞口，等天光大明了，再和它计较。我主意想定，就轻轻将身躯移到那小洞口边，挨身睡下，把做枕头的包袱紧紧的塞了洞口。

"次日，东方才白，就听得小洞里有脚声跑得乱响。我举剑安排好了，才一手将包袱扯出，却不见什么怪物出来。急低头一看，倒把我吓了一跳，原来是一只五尺多高的大马猴，通体毛色和漆一般的黑中透亮。可是作怪，它好像知道我已安排了，等它一出来就要下手杀它似的，双膝跪在洞口里面，不住的向我磕头。那磕头的神气和人一般无二，只差了口里不能说话。我当下见了那可怜的样子，哪忍再下手杀它呢？即收了剑说道："这山上常有行人经过，不是你栖息之所，今日幸是我遇了，若在寻常人，不要吓送了性命吗？你得去深山人际不到之处，遁影藏形的去修炼，下次休在这里再撞着了我，你去吧。"

"那猴子竟像懂得人言，又向我磕了个头，我先退出洞外，它随着出来，只跳跃两三步，就跑得看不见影子了。自后我不曾再从那山经过，不知它已听我的话，去深山大泽修炼没有。"

朱镇岳听了，喜得什么似的，笑问道："师父怎的不把它拿了，用铁链条锁着，带到报恩寺，养着好玩呢？"

雪门和尚道："罪过罪过，这岂是我出家人做的事？那猴子的岁数，至少也有二三百年，才有那般身躯、那般毛色、那般灵性，若被我锁起来，不上一年就得忧郁而死。"

朱镇岳道："怎么有许多人家养猴子，都是用铁链条锁起来，养十年八载还不死呢？"

雪门和尚道："那些小猴子，怎能和这猴子相比？这猴子在深山之中二三百年，平日适性惯了，一旦受人束缚，它又不是冥顽不灵的兽类，怎能受得了呢？"

雪门和尚虽则是这般说，朱镇岳还是有些孩子气的人，心里仍是觉着可惜，就不由得发生一种守株待兔的思想来。立起身，望着雪门和尚说道："此时天色尚早，此处离那山顶至远也不到一百里路。这面下山的路是容易走的，弟子想今晚赶到那山洞里去歇宿，师父说使得么？"

雪门和尚知道朱镇岳的用意，即笑着答道："有何使不得？但恐你受不了这辛苦。就是那猴子，也不见得还在那洞里。"

朱镇岳是少爷脾气，好奇的念头一动，哪顾得行路辛苦？忙答道："弟子受得了。师父若不相信，弟子可在前面走，师父在后面，看弟子可有走不动的样儿？"雪门和尚听了，又见朱镇岳喜溢眉宇的神情，也觉得高兴，当下也就连连点头应好。朱镇岳弯腰紧了紧腿上裹脚，将包袱重新系好，振作起全副精神，两脚不停的下山。

山石高高低低，有许多竖起如尖刀一般，上面又长着青苔，脚踏上去，滑溜溜的，就和踏在冰山上一样，稍不留神就得滑倒下来。若是倒在尖石头上，便得受很重的伤。朱镇岳只因好奇的念头，鼓动了兴致，两脚抽提得极快，反不觉得青苔是滑的，一气不回头，跑到了山底下。

雪门和尚喜笑道："这回你才得着运气的效用了，刚才有几处地方，你走得很好。你不要以为下山比上山容易，像这种山，爬上不要功夫，跑下来就非有功夫不可。只要一口气没提上，身子往下一沉，脚底下就滑了。你此刻回头，看这山是如何的模样。"

朱镇岳回头朝上一望，但见一层一层的，如石笋密布，且峻峭无比。回想刚才从上面跑下的情形，忍不住打了一个寒噤。再看这面的西太华山，比这山几乎高了一半，遂问道："西太华山比这山还高吗？"

和尚笑道："你在这山顶上望着差不多，自然高多了。但是那山洞不在山顶上，在半山之中，你若能照刚才这般跑法，不过黄昏时候就到了。"

朱镇岳道："弟子一些儿也不疲乏，索性跑上了山洞，再行休息。"说毕，拔步又走。

西太华山虽然高大，却不甚陡峭，又有一条很宽的道路，不似在荆棘丛中钻爬得吃力。约莫走了六七里，只见一个山岩里，坐着十多个猎户装束的人，在那里谈话。旁边靠山岩，竖着些鸟铳叉矛之类，地下放着一个大包袱。那些猎户见一僧一俗走来，即停了话不说，都注目望着师徒二人。

朱镇岳一见那些猎户，心里分外高兴了，回头叫着师父问道："弟子可在这里歇一歇脚么？"

和尚点点头，笑向众猎户道："诸位施主，猎了什么野味没有？想必很获利呢！"旋说旋倚了禅杖，朱镇岳已拣了一块光平的石头，拂去了上面灰尘，让和尚坐了，自己也坐在一旁。

猎户中一年约四十，雄壮的汉子，望着和尚答道："老师父说得好自在，还说什么猎野味获利，于今就有一只野鹿打这里走过，我们也只能当作没瞧见，不敢动它一动。我们只求皇天保佑，破了这回的案子，便都要改业了。"

和尚听了这话，觉得有些稀奇，正待追问缘由，朱镇岳已开口说道："原来你们都是衙门里的公差，不是打猎的么？"

那汉子道："我们怎么不是打猎的？若是公差倒好了呢！"

不知道这句话，到底是怎生讲究，且俟下回再写。

忆凤楼主评曰：

杨海峰之绝技，即于雪门和尚口中道出，此虚写法，亦过渡法也。

朱镇岳援《春秋》责备贤者之义，谓杨海峰不应收受绿林中之馈馐。义正词严，识见自是高人一等，此盖作者欲为朱镇岳之人格出力一写，初非故抑杨海峰，读者幸弗为其所蒙。

老猿畏诛，竟在洞口苏苏膜拜，不可谓非能通灵性者。然终不免下文一节事，此则山野之性，终未克驯耳。

朱镇岳一闻山中有猿，即思擒而得之，狂越而前，顿忘攀爬之险。活写出一天真烂漫、活泼泼之少年，令人喜煞爱煞！

第十一回

遇猎人坡前谈异事　张地网山口守淫猴

话说朱镇岳，听了这种奇怪的说话，便问道："不是公差，有什么案子要你们来破哩？"

那汉子长叹了一声道："连我们自己也都解说不来。我们宝鸡县景大老爷，把我们拘了去说道，这宝鸡山上有一只大马猴，给我们三天限，要拿这马猴到案，也由不得我们做百姓的分辩。我们已在这山上守了半个月，都受过了六七次的追比，两腿只差打断了。我们若是公差，像这位的样，倒不曾受过一次比。"

朱镇岳看汉子指的那人，虽然穿着猎户一般的衣服，容貌、态度却都和猎户不同，面上很露出凶狡的样子，遂向那公差问道："景大老爷为什么定要拿那马猴到案，你知道么？"

那公差翻着一双白眼，对着朱镇岳瞟了一下，即将脸扬过一边，爱理不理的，半晌，鼻孔里先"哼"了一声才说道："谁知道为什么呢，你亲去问我们大老爷吧。"

朱镇岳平生哪见过这种轻侮的嘴脸，禁不住心头火起，伸手就要拔剑，和尚已拉住朱镇岳的右臂道："犯得着和他较量么？等我问他们，你且坐着不用躁。"随掉过脸，向那汉子道："你可知道那马猴，犯了些什么案件？说给我们听了，我们可帮着你拿它。"

那汉子道："那孽畜犯的案件多着呢。人家的奶奶、小姐被它奸死了的，有十几个；被它掳去不知下落，过十天半月方在这个宝鸡山，寻着尸身的，也有六个。"

和尚道："如何知道是个大马猴哩？"

汉子道："怎么不知道？有两个种地的人，看见一只五尺多高、漆也似黑的马猴，肩上扛着一个妇人，向山上飞跑。妇人还在它肩上，拼命的叫救命呢！种地的人胆小，不敢追去，因此人都知道是个马猴。"

和尚又问道："你们在这山上守候了半个月，也曾遇着这个猴子没有哩？"

那汉子道："若不曾遇着，也不守候这么多日子了。那孽畜跑起来比飞鸟还快，莫说药箭射不着它，就是鸟铳也打不着。它又机巧得了不得，有陷坑、有药箭的地方，它通灵似的，再也不打那地方经过。若在白天里见着，还好一点儿，因为头一次拿它，是在白天见着，只怪我们手脚慢了些儿，给它逃了。它自从那一次受了惊吓，哪里还敢在白天里现形呢？夜间仗着毛色漆黑，才敢到这山上来。我们守候了半个月，还是不知道它的巢穴在哪里。"

雪门和尚问道："你们初次是在什么所在遇见它呢？"

汉子道："这山上有个石洞，我们料想他必在石洞里面，便径向洞口围拢去。果然还离洞口有两箭远近，这孽畜就如得了消息一般，从洞口里冲了出来。说起人也不信，简直是登云驾雾似的，比流星还快。我们猎野兽，豺狼虎豹，獐兔麋鹿，以及豪猪、野猫，只要闻得一点儿气味，或是见了足迹，或是见了影子，听了叫声，但能分得出是什么兽来，我们就有一定把守的地方，它必得走我们所把守的地方经过。一种兽一种守法，有应对面打的，有应侧面打的，有应从后面打的，百不失一。惟有猴子这种东西，我们打猎的，从来没有把守的法子，因此只有大家围裹去。谁知一围裹，就坏了事，它的身体和人一般大，用铳打它的脚吧，又难中，又不济事，自然要向头上、身上打去。但是一则它跑得飞快，不容易打准它；二则我们自家人围了一个半边月的形式，一铳打去，必会伤着自家人。所以见它冲出来，我们的手脚松了一点，只见它一起一落的，三五下，便连影子也不见了。

"自后一连几夜，我们躲在洞里洞外守候，满山都掘了陷坑，安了药箭，只不见它到这山上来。直守到第八夜，它来了。有星光照着，见它走几步，向两边望望，想往洞里走。离洞还有十多丈远，它就像看见我们，却并不十分害怕的样子。我们在地下布了很多豆子、花生，它望望两边，就低头拈了豆子、花生，往口里塞。"说时，随指着那公差道："就是这位大爷，性子急了点儿，他跟着我两个徒弟，躲在洞外一个大石头背后，见了那孽畜，来不及的扒火就是一铳。我不敢恭维他的铳法，又隔得太远，好像是不曾伤着一根毫毛，倒是给信，教它跑了。我们一听那铳的声音，就知道是这位大爷放的，不曾打着，大家急忙跟着追赶。老师父说，可是追得着的么？"

雪门和尚正待答言，那公差已回过脸来，睁起两眼，向那汉子喝了一声，呼着王长胜道："你再敢胡说乱道，我明日包管你两条狗腿上，剜下两个肉窟窿来！你们吃着猎户的饭，几次见着猴子不敢放铳，害得我陪着你们整夜的受露水，担惊害怕。若不是我给它一铳，你们有什么能为打它？此时对这秃驴，编排我的不是。好，我就回衙消差……"公差的话才说到这里，朱镇岳见骂他师父是秃驴，哪里再忍耐得住，跳起身来，一伸手便将公差提小鸡似的，举在空中，待向山底扔下去。

雪门和尚忙一手把公差的衣扭住，轻轻接过手来，向朱镇岳道："你这孩子，真是淘气，这样高的山，扔下去还有命吗？"

朱镇岳气愤愤的答道："像这种混账东西，不扔死他，留他在世上也是个害人精。他借着县衙里的势焰，作威作福的，也不知讹诈了多少人的钱财，谋害了多少人的性命。弟子不扔死他，谁敢扔死他哩！"雪门和尚已将公差放下。公差只吓得失了魂魄，脸色由黄变白，由白变乌。朱镇岳随指着那铁青色的脸骂道："今日若不是我师父慈悲，不许我收你的狗命，此时你的头骨，已扔成粉了，且饶你多活几时，我自有收拾你的时候。"

众猎户见师徒二人的举动，一个个都吐出舌头来，又开心又害怕。开心的是因为这公差借着奉了县官的命，来监着猎户办案，时常欺侮众猎户，众猎户畏他的势，敢怒不敢言。此时有人代他们出气，自然见了开心；害怕的是公差受了这场羞辱，只等师徒二人一走，必迁怒到他们身上。这些猎户的头目，就是这说话的汉子，叫王长胜，他毕竟乖觉些儿，见朱镇岳指着公差怒骂，即过来向朱镇岳叩头道："求老爷不要动怒，这位大爷实是个心直口快的好人。"

雪门和尚知道众猎户畏惧公差，便笑着拉起王长胜道："好人坏人都不用说了，你且说，你们今晚打算怎么去拿那猴子？我两人可以帮帮你们的忙，天色已是不早了。"

王长胜指着地下那个大包袱道："我费了许多力，借了一副网来。那孽畜的来路，我们这几夜已看出来了，是从西方狮子峰那边来的，去也是向那边去。我想把这网装置在那条路的卡子上，大家都伏在网的两边，鸟铳对准这网。网上有许多小铜铃，那孽畜不来则已，来了没有不触着网的。一触了网，就会飞也枉然。"

朱镇岳不曾见过猎户用的网，听了王长胜的话，喜得立刻教解开来看。雪门和尚摇手道："这时打开来，要收很不容易，等到去张设的时候，你再看不迟。你瞧，这么大一个包袱，岂是寻常的小网吗？不要耽搁了，看来路在哪里，我们就此同去吧。"朱镇岳喜得几乎跳了起来，众猎户各人拿各人的兵器，大包袱就有两个猎户用竹杠抬着。公差也托了一支鸟铳，王长胜在前引道，一行人向山上走来。

这时已是黄昏月上。晚风吹得满山树木齐鸣，不一会儿走到一处山洼。王长胜停了步，说道："就在此地，是最紧要的处所。"

雪门和尚看那山势，惟此处最低，两边高起，和马鞍形式一般。朝西望去，远远的一座山峰，高耸云表。两个峰头向南斜伸出来，一高一下，远望就像是一只大狮子，张开大口，峰头上长的树木，便和狮子头上的毛一般。山脉与西太华山连绵不断，相离约莫有二十来里远近。即向王长胜问道：

"你刚才说狮子峰，就是对面那两个峰头么？"

王长胜点头应是道："并没有两个峰头，实在就是一个。此时天色将要黑了，看不分明，似乎是两个峰头。因那山峰全身岩石，上面伸出一块大石头，下面就成了一个大石岩，可以坐得下五六千人，里面还不知有多深。人若睡在地下，往里面爬，也可以爬进去，只是没那么有胆量的人，那孽畜十九就在那里面藏身。下面伸出的石头略小些儿，所以望去像个狮子口。"

王长胜和雪门和尚谈话，众猎户已将大包袱打开，抖出那副猎网来。朱镇岳看那网，是用极细的丝线结成的，铜钱大小一个的眼，抖开来那么一大堆，大约至少也可围上两里多路。网边上一面安着许多小铁钩，一面许多五寸来长的铁钉，隔几尺远悬一个小铜铃，朱镇岳也看不出有什么作用。众猎户提开那网，底下还有一大叠，形状和那网差不多，只丝线粗些，网眼儿有茶杯大小一个，每一个眼儿上系着一个铁钩。朱镇岳更不知怎生个用法，便问王长胜道："这也是猎网么？"

王长胜摇头道："这东西名叫铺地锦，是张在地下的。无论什么猛兽，只要一走入这里面，被网眼儿绊得它身躯一歪，就莫想逃得出来了。越是凶猛想逃出这网，这网越缠着它的身躯，缠来缠去。可以缠得它动弹不得。"王长胜说时，众猎户已将那副大网张起来了。原来那许多小铁钩，是用着挂在树枝上的，铁钉是插入地下的。从那山洼向两边渐渐包围，两挡相抄拢来，仅留了一个两丈来宽的地方，仿佛是给那猴子走进网的门户，铺地锦就平敷在网内。布置停当，众猎户各人自寻埋伏的所在。

王长胜腰上带了一把钢叉，手中托着一支鸟铳，向雪门和尚说道："请老师父和令徒，藏身在离这网十丈以外的石头后面探看，免得我们的铳子误伤了二位，只是请二位不要高声说话。今晚若再放那孽畜走了，它知道我们张了网在这里，必不敢再上这里来了。向别处去寻它是和在水里捞月一样，便看得见，也抓不着了。"

朱镇岳不服道："你还怕铳子误伤了我们么，哈哈！打猴子都打不着的铳，能打得着……"

雪门和尚不待朱镇岳说完"能打得着我们"的话，忙抢着向王长胜点头道："你说的不差，今晚给它逃跑，以后要拿它就为难了。你去用心守候，我二人自有好地方藏躲，用不着你们分心。"说完，引朱镇岳直往西走。约莫离网三十来丈，向朱镇岳道："你把背上的包袱解下来，趁这时吃些干粮，将包袱捆在树枝上，等和那东西动起手来，免得背上驮着包袱累赘。"

朱镇岳一则因初次试验本领，技痒难搔；二则因试验品，是一个很有能为的异类，触动了他少年好奇的念头，竟是分外的高兴，把疲乏也忘了，饥饿也忘了。当下师徒二人吃过了干粮，朱镇岳将包袱捆在树枝上，亮出剑来问道："就在此地等那猴子吗？"

雪门和尚笑道："幸得这里没外人，若是有人见了你这来不及的样子，一望就知道你是一个新手，必不是久经大敌的人。此时猴子还不知在哪里，来与不来，尚在未定，你就来不及似的把剑亮了出来，不是要给人笑话吗？"朱镇岳一听，登时自觉不好意思，随即将剑入了鞘。

和尚道："我们在此处守候最好，此处的山势比张网的所在，高了十来丈，那猴子不来则已，只要将近山洼，我们在这里居高临下，它的来路去路都看得分明。他们虽设了围网和铺地锦，我看只能猎得了旁的猛兽，猴子这种东西虽也是兽类，心性却灵敏得和人一般，是兽类中最有心机的。至于这猴子，比寻常的猴子更是不同。这种网罗，只怕不见得能将它绊住，所以我带你守在这里，我再向西半里寻个地方守着。必须两面夹攻，方能除却这害。但是它过去的时候，你不要急于动手，等它遭了罗网，回头打这里经过，你方从它后面杀它。它入网便不受伤，也必受了很大的惊吓，猴子的性情最急，一次受惊，就慌得有路便窜。若接连几处，见都有人阻拦，它心里更加慌急，两腿自然会瘫软下来，伏着不能动了。你就坐在这棵树下等吧，我到前面去了。"雪门和尚叮嘱已毕，拖着禅杖往西去了。

朱镇岳坐在树下，独自寻思道："一只猴子又不会什么武艺，未必值得这般安排等待它。师父教我等它入过罗网，回头打这里经过，方出去截杀它；倘若它受了惊吓，向旁处跑了，不打这里经过，我不白放它过去了吗？

并且它若逃不出罗网，我也算是在此白等了半夜。我不相信一只猴子，有这么难于对付，我不可尽信师父的话，只等它在这里经过，我就下去杀它，不见得便给它跑了。"朱镇岳主意已定，便坐在地下等候。

不知结果若何，且俟下回再写。

忆凤楼主评曰：

可恶公差，竟敢倚仗官势，专横乃而。非雪门和尚老成持重，出而为之调解者，其不毙于朱镇岳老拳之下者几希。吾读至此，辄为之浮一大白！

张罗设网，煞费经营，宜可擒此淫猴矣。讵其后有大谬不然者，于以知作者之喜用曲笔。而朱镇岳之神勇，于此更得加倍演染，大显特显焉。

第十二回

惊神力小侠撕猿　蹈危机公差中箭

话说朱镇岳独自坐在山中，等候那只大马猴。约莫等了一个时辰，只是不见一些儿动静。他年少性急，惟恐那猴儿今夜不来，便是白费心机，空劳精神。

等到心焦气躁，就在那棵捆包袱的大树底下，提了一口气，即涌身上了树颠。手搭凉棚，遮住了照眼的月光，竭尽目力，朝西对狮子峰那条路上望去。烟雾朦胧，也辨不出有无兽类行走，渐渐将眼光移在近处，想看师父藏在什么地方，寻了半晌，也不曾寻着。猛然想起师父平日传授，绿林中空谷传音的法子来，不觉暗喜道："我又没生着田师伯的夜眼，这夜间能看得见多远呢？并且听说那猴儿，生成遍身漆黑的毛，更是难得看见。我若将耳朵贴在地下，去听它的脚音，在这万籁俱寂的时候，至少也可听到一两里路。"随想，随跃下地来，看了看山势高低，拣了一处没有阻遏西来音浪的地方，伏身下去，贴耳细听。许多猎户呼吸之声，都一一听得分明。

伏不到一刻工夫，即有一种极细碎的脚音，渐响渐进了。那脚音一入耳，不待思索，便能断定是一只大猴儿，因为又轻又快。有时是四脚落地，有时是两脚落地；有时跑一会儿，又停了；有时向前跑几步，又折转身向后跑几步，仍然回身前跑。兽类中惟有猴子是这么宗旨不定的乱跑。

朱镇岳虽则伏下，以耳贴地，两眼却仍是不转睛的盯住西方路上，随着那不定的脚音望去，估料必已在半里之内了，两眼更不肯略瞬一瞬。忽然觉得有一件雪也似白的东西触眼，初疑是两眼望久了发花，急忙揉了几揉，仔细凝注。那件白东西，竟直向自己眼前走了来，只是相离尚远，看不十分明白。然照那行步的态度去推测，确是一只大马猴。便是听了那脚音，也确是从那白东西的处所，发出来的。心里就不免怀疑道："怎的师父和那些猎户，都说那猴是漆黑的，这里又是一只白的，难道有两只吗？漆黑和雪白是极容易辨别的，不应这么多的眼睛，连毛色都看不出来。若是真有两只，倒好耍了。可以拿到家中，用铁链条锁着，好好的圈养起来；一牝一牡，将来生出几个小猴子，不是很好的玩意儿吗？"

朱镇岳是小孩脾气，越想越得意，眼见那白东西走得很快，看看相离不过二十来丈了，正伸手拔出剑来，偶一瞬眼，却不见一些儿踪影了。急得朱镇岳不住的揉眼，猫儿捕耗子一般的两边张望。再听那脚音，更响得切近了，不由得暗恨道："你这孽畜，难道会障眼法？怎么听得着声音，见不着形影呢？"一面想，一面跟着它脚音，定睛一看。

这番可被他看见了，原来那马猴遍体的毛，都是漆黑，就只胸前一大块雪白的。竖着身体行走时，对面能看得见；四脚落地的时候，便谁也看不出了。黑毛在夜间不容易见着，它刚才因是立起身子走，所以朱镇岳远远的就望见一件白东西。及走到面前，忽改了用四脚走。朱镇岳所注意是白的，不到十分切近，怎能看得着漆黑的兽来？当下朱镇岳见那猴子，打自己所伏地方的下面经过，相隔不及一丈，恐立起身来，把它惊跑了不好，就在地下，用两手一按，两脚尖一垫，对准那猴子，掣电相似的，凭空飞扑下去。

因存心要活捉了，带归家喂养，不肯用剑去杀。这一扑下去，不偏不倚，正扑在猴子身上。猴子也真快，朱镇岳还不曾扑到它身，它已知道逃跑不了，急仰天躺下，四脚朝天，预备抵抗。这是猴子最厉害的本领，因为它后脚的效用，和前脚差不多，立起来和人斗，后脚得踏在地下，不能拿人；所以猴子无论和什么兽类相角，一到危急的时候，总仰天躺下。并且猴子的背脊躺在地下，生成如磨心一般，前后左右旋转自如，最便于角斗，百兽都弄它不过。

朱镇岳哪里知道？自以为这一下，必将猴子按住了，谁知身躯才着落在猴子的脚上，猛觉得胸前一动，"喳"的一声，外衣已被撕破，手中的剑也同时被夺，脱离了手心。亏得有软甲护身，胸前方没受伤损。朱镇岳大惊失色，此时也就顾不得要活捉了，两手适靠近猴子的两条后腿，抓住就向两边用力一撕；只听得猴子大叫一声，已连腰带腹，撕作两半个，心肝五脏都流了出来。朱镇岳一手握着一半说道："可惜，可惜！你却不能怪我，我原是想将你活捉，带回家养着好玩的。只怪你自己不好，抢了我的剑，又撕破我的衣，不由我不生气。"

朱镇岳正在自言自语，雪门和尚已飞奔前来，见朱镇岳已将猴子撕开，才放下一颗心说道："我在前面守着，见这东西走过没一会儿，我一听声响不对，料知是你不听我的话，不等它落网回头，就动起手来了。委实放心不下，所以跑来看看，果是你这孩子不听话。你看，你的剑还在它手上，你说险也不险？你身上外衣都撕破了，若不仗着这副软甲，只怕你的前胸已被它裂开了呢，还有给你动手撕它的工夫吗？我教你等它落网回头，方动手杀它，岂是胡乱说着玩的？自然有些道理在内。幸喜这猴子撕着你的上身，若抓在软甲遮护不到的地方，说不定你此时已成了它这个样子，那还了得！你以后若再不听我的言语，我可真要恼你了。"

朱镇岳被和尚责备得面红耳赤，半晌低头不语，心里仍是可惜不曾将猴子活捉得，把两手提着的两个半边猴子掼在地下。雪门和尚弯腰去猴子手中取剑，尚是握得牢牢的，拨开猴子的五指，才取了下来，亲手插入朱镇岳剑鞘之内。

师徒二人在这里说话，和猴子被撕裂时的叫声，众猎人都已听得了，只想不到已被朱镇岳撕开了。王长胜教各人仍紧守机网，独自提枪到这里来探看。雪门和尚已呼着王施主说道："我徒弟已替你把案子办活了，淫猴已被裂成两半个，你将去消差吧。"

王长胜一见，喜出望外，正待道谢，并问朱镇岳撕裂猴子时的情形，猛听得后面山坡里，有人大喊"哎哟"一声，接着喊道："痛杀我了！"三人同时都吃了一惊，王长胜便顾不得和师徒二人谈话，掉转身向后就跑。

雪门和尚向朱镇岳道："不知又出了什么乱子，我们也去看看。"朱镇岳指着地下道："这东西掼在这里，没要紧么？"和尚笑道："有何要紧，难道还愁它逃了不成？"朱镇岳听说，即提步往前走。和尚道："且慢！你就是这么走吗？"朱镇岳怔了一怔，问道："不这么走，要怎么走？"和尚笑道："就这么走，只怕走到明日，仍得倒回这里来，你的包袱不要了吗？"朱镇岳才连"啊"了两声道："弟子真糊涂了。"随上树解下包袱，跟着和尚来到张网的地方。见一个人都没有了，不觉诧异起来。

朱镇岳道："替他们杀了猴子，他们倒都跑了，真不是些好人。"和尚道："他们哪得就跑？必是出了什么乱子。刚才不是有人叫'哎呦'吗？"和尚旋说旋四处张望，已听得左侧山坡里有人说话，于是师徒二人就向山坡里走来，只见众猎户都在那里。

原来那个公差，同众猎户守候机网，忽然一阵腹痛，就跑到山坡里去出恭。这山坡里装了药弩，公差屎急了，便不曾留神装弩的记号。和他同守一处的猎人，以为药弩是公差同在一块儿装的，知道记号，并且大家都在屏声绝息的守着机网，唯恐有声音给猴子听了，不进网来，因此不敢发声，叫公差注意药弩。公差一脚误触了弩机，但闻"飕"的一声，一箭正射在小腹上。公差因是急于出恭，边走已边将裤头褪下，小腹露在外面，一箭射来，连可以挡格的一层布都没有。猎户所用药弩，极毒无比，是用卢蜂（形似黄蜂，比黄蜂大三四倍，螫人极痛，蜇至三下能使人昏迷）螫人的时候，尾针上所发出的那种毒水，和几样异常厉害的毒草熬炼成膏，敷在箭铍上。无论有多凶猛的异兽，一中上这种毒箭，就得立时昏倒，通体麻木得失了知觉。

且慢！看小说诸公看到这里，心里必要怀疑，卢蜂尾针上的毒水，虽是毒得厉害，但如何能取得出来呢？终不成把卢蜂捉来，一只一只的从它尾针上，挤出毒水来？也不能把卢蜂破开，捏出水来应用。并且卢蜂既螫人如此厉害，又有谁敢去捉它呢？这不纯是一种理想，是不能见诸事实的荒唐话吗？哈哈，在下从前也有这种怀疑，谁知世间的万般物事，只要人类有用得着它的地方，就自然会有弄得着它的法子想出来。哪怕就要舍却性命去取办，也是有人愿意去牺牲的，何况这取卢蜂的毒水，并没有性命的危险。按照他们猎户想出的这个法子，确是妙不可言。

他们预备许多猪尿泡，吹起来，身上穿着棉衣服，头脸手脚都遮护好了，只留一双眼，还带上眼镜，将许多吹起的猪尿泡系了一满身，两手也抓着好几个。白天寻着卢蜂的窝，等夜间带上一个小火把，跑到窝跟前，将火把扬上几扬。卢蜂是最忠心拥护蜂王的，见有火来，只道是来烧它王的，大家一齐飞了出来，拼命向拿火把的人乱螫。这人通身是气泡，卢蜂的毒水，点滴螫进气泡之内，火把不灭，总得围着螫个不了。直等到身上所有气泡，都被螫得泄了气，不鼓起来了，才丢了火把，悄悄的离开。归家将气泡中的毒水，聚做一处，每一次所得不过几分。积聚数年之久，才可和合几种毒草，炼成膏药，所谓见血封喉的药箭。

当下那公差既误中了这种毒箭，只叫了一声"哎呦"，说了一句"痛杀我了"，便倒下地来，人事不省。众猎户赶来一看，都慌了手脚。因为他们制造这种毒箭，是装在深山穷谷之中，杀猛兽的，并没有解救的药。明知道这毒箭上身，不到一个对时必得身死；这公差若是死了，他们如何能脱得了干系哩？因此大家面面相觑，没有方法。

雪门和尚和朱镇岳来到了跟前，问了缘由。朱镇岳道："这囚头本来早就该死了，白天若不是师父拉住他，已死在前面山下了，该死的始终免不了。"

雪门和尚不乐道："岳儿，这不成话。他当公差的，不是有学问、有身份的人，你怎的和他一般见识，认真与他较量？并且他此刻误中了毒箭，性命只在呼吸，你应该怜惜他，才是人情，有什么深仇旧恨，他遭了这种惨祸，你心里都不能解开？你于今虽是年轻，但已在我门下成了剑客，总要时时存在一丝仁慈之念，不问人家待你如何，你总始终是要以忠恕待人的。"朱镇岳听了，心中顿觉愧悔。

　　雪门和尚走近公差面前一看，只见蜷伏做一团，看不见伤处的情形。王长胜此时已敲着火镰，烧燃了一束很长大的竹缆子火把，照着公差。和尚向众猎户说道："你们把他的身躯扶正，让我看看伤痕，或许还救得活他，也未可知。"

　　王长胜道："多谢老师父，我看用不着费神了，我家这种毒箭，从来是没有解药的。"

　　和尚笑道："只因你没有解药，才轮到我来救。若你有解药，不早已救活过来了吗？"

　　朱镇岳受了他师父一顿责备，知道是自己错了。此时听得师父教猎户将公差扶正，连忙走过来，弯腰一手扶着公差的肩膊，一手按着大腿，慢慢的掀转来，仰天睡着。和尚放下禅杖，接过王长胜手中的火把，照那伤处。正在肚脐旁边，青肿了一块，有茶碗般大。弩箭已拔了出来，伤口流出一点儿黑血，伸手在胸前摸了一摸，不觉得动了。和尚摇了摇头，随跪下一脚，一手支在地下，用耳贴在公差的心窝，听了一会儿，立起来说道："还好，大概不至于送了性命，不过必须养十天半月，方能复原。"说时，将手中火把递给朱镇岳道："你照着伤处，我好给他敷药。"遂从腰间取出一个小包裹，就地下解开来。有十多个小瓷瓶，和尚拣了一个，拔去塞子，倾了些猩红的药粉在伤口上；又换了一个瓷瓶，倾出一粒粟米大的丹丸，扭头问王长胜道："你们带了水来没有？"

　　王长胜道："我们只带了两瓶白酒，要水离这里不远，有一股山泉，即时可以去取来。"

　　和尚笑道："既有酒就更好了，我以为在此，酒是决取不到的，才问有水没有，快把酒拿来吧。"王长胜取酒交与和尚。和尚用树枝撬开公差的牙关，先把丹丸放入他口中，再灌了一口酒。

　　和尚收了药包，对王长胜说道："你们此时可去将猎具，并那猴儿的死尸收起来，只等这人清醒过来，今夜就回宝鸡县，去把差消了。"王长胜心里感激和尚师徒，口里也说不出，只趴在地下，向师徒二人捣蒜一般的磕头。朱镇岳拉了他起来，定要请问姓名、法号，朱镇岳只得说了。

不知这公差生死如何，且俟下回再写。

忆凤楼主评曰：

猿之来也，由远而近，先见其腹，后见其身。缓缓写来，曲折有致，文心之细，无与伦比。

剑被夺矣，外衣被撕矣，此时之朱镇岳，去死盖间不容发。而神威一奋，竟将淫猴撕而为二，快哉此举，吾直欲为之三呼万岁也！

写公差中毒弩，为本回之余波。

第十三回

止嗔戒怒名师规徒　报德酬恩爱女作妾

话说公差自服下那粒丹丸，不到一刻工夫，果然清醒过来了。王长胜在旁说道："你这条性命，若不是这位报恩寺的雪门大师父，给你服下灵丹妙药，已是活不成了。"公差哼了几声，听了王长胜的话，把两眼一翻，开口骂道："原来你们安心装着毒箭来射我啊？好！回到衙门里，我不愁不打断你们的狗腿。哈哈！画虎画皮难画骨，知人知面不知心，我真没想到你们恨我监守了，设这般毒计来害我！"

王长胜只急得仰面呼天道："你老人家同在一块儿装的药弩，怎么说是安心害你呢？我们就有天大的胆量，也不敢是这么存心。你老人家是县太爷打发来的，我们都敢谋害，不是要造反了吗？"公差仍是恶狠狠的骂道："你们这些东西，知道什么王法？都是一班反叛。"

朱镇岳哪里再忍耐得住，大喝一声说道："你这种没天良的东西，依我早将你结果了。你可知道，我杀一个你这种没天良的东西，只当踏死了一个蚂蚁。你自问你有那只马猴那么厉害么？马猴尚且被我撕做两半个，结果你算得什么？你中了毒箭要死，我师父拿药救你转来，你不感谢也罢，倒放出这些屁来，你仗着谁的势？我此时且将你宰了，再去宝鸡县向你的瘟县官说话。"说时，已掣剑劈下，亏得和尚用禅杖架格得快，不曾劈着。

公差听了朱镇岳说，已把马猴撕做了两半个，又猛然记起白天的事来，早已吓得胆战心惊。更见掣出剑来要杀他，他原不过一个倚势鱼肉乡民的恶役，哪里有多少真实胆量？不由得就哀声告饶。

和尚向朱镇岳道："你既然知道杀了他，和踏死一只蚂蚁一般，又何必真要杀他呢？俗语说得好，'恶人自有恶人磨'，我们犯不着多事。他们猎户，只要将上面交下来的案子办活了，就没有他们的事了。难道宝鸡县的县官，也是和这公差一类的人吗？若是案子不曾办活，公差就好在那县官面前，说众猎户如何奉行不力，害得众猎户受比。此刻再想到衙门里，打断众猎户的腿，这是他做梦的话。"

朱镇岳虽则被他师父拦住，不敢硬要结果公差，只是心里的火气，仍是不能消灭。收了剑，对王长胜说道："我师父不教我杀这畜牲，只得暂饶了他，不过我料他回宝鸡县，必仍是要在县官面前诬害你们的。你们照实说了，若是那县官不信，竟听了这狗差一面之词，要如何为难你们时，你们赶快打发一个会跑路的人，尽夜赶到陈仓山来找我。到那里问杨海峰，大约没人不知道，我此去就住在杨海峰的家里。"

雪门和尚听了这种公子口腔，心里不免好笑，口里正待说不能是这么办，王长胜已笑着问道："朱公子就是去陈仓山杨海峰那里吗？"朱镇岳点头应道："是的，你认识杨海峰么？"王长胜哈哈笑道："岂但认识，我家还和他沾着几重亲呢，我们常有往来。公子这回幸在这里遇着了我，不然要白跑许多山路。大约公子和老师父是初次去陈仓山，才绕着大圈子走到这里来了，两位也是从扶风、凤翔来的吗？"

雪门和尚笑道："若走扶风、凤翔，如何能绕到这西太华山来呢？我们是有意从郿县、高店，穿山过岭到这里来的。你刚才说幸在这里遇着了你，不然要白跑许多山路，这话怎么讲，难道杨海峰此时已不在陈仓山了吗？"王长胜道："怪道两位没照官道走，所以在路上错过了。若是走官道，不在扶风，必在凤翔，遇着他父女两个。"雪门和尚诧异道："他父女俩上哪里去呢？"王长胜道："老师父从西安来，不知道杨海峰遭官司的事吗？"雪门和尚更是吃惊，说道："遭什么官司？我实在不曾知道，若知道也不上这里来了；并且他自从搬到陈仓山居住，从不与闻外事，便是保镖的生意，也久歇业了，怎么会遭官司呢，这不是奇了么？"

王长胜长叹一声说道："天有不测风云，人有旦夕祸福，哪里说得定？他遭官司的详情，我还弄不大清楚。前日他父女俩打宝鸡县经过，遇着天色晚了，就住在舍下。他的老太太是我姑祖母，我的母亲又是他的姑母，他原籍是安徽，他祖父和他父亲都在宝鸡县生长。他曾祖在宝鸡县做西货生意，和我家先人交易最多。后来在宝鸡县落了业，与我家来往结亲，直到杨海峰的父亲不愿做西货生意，又嫌宝鸡人性情不好，才搬回他原籍去，然而两家仍是不断的来往，不过须三年五载，彼此才来往一次。及至几年前，杨海峰将全家都搬到陈仓山，我们来往更亲密了。

"前日他父女到舍下的时候，刚遇着我为这只劳什子马猴，被逼得一点好心思都没有；又没工夫陪他谈话，他也无心多说，只略把事由说了一下。他若不是急急的要去咸宁，我也要求他到这里来，帮我办这案子。他说前次因到咸宁县，看一个多年不见的朋友，那朋友留他住几日。他住在朋友家，闲着无事，就独自出外闲逛，不知在什么所在，见了一桩不平的事，他出来调解，调解不了，他就冒起火来，竟把一个人打死了。他却不肯逃走，改了姓名，亲到咸宁县出首。那县官很好，说他是个义烈汉子，极力设法替他开脱，只在监里住了几月，这回万寿大赦，就把他赦出来了。他心里非常感激那县官，知道那县官五十多岁了，还没有儿子，平日杀绿林中人，又杀得最多，绿林中人恨那县官到了极处，只因在咸宁县任上，奈何他不得；一等他下任，便要动手劫杀他全家。杨海峰早知道这些情形，于今既感激那县官，自然不能不报答他。

"杨海峰的女儿，年纪虽只得一十七岁，模样儿是不待说，全不像他老子那般嘴脸，就是武艺，也比他老子强得多。他老子受了那县官的恩，没法报答，回家和她商量，打算将她送给那县官做妾。一来想替那县官生一两个儿子，承宗接代；二来有他女儿这种本领，也可保护那县官全家，免得下任时，被绿林中人暗害。但是他心里有些怕他女儿不愿意，从咸宁回来，打我家经过，要接我母亲去他家劝导。我母亲因上了年纪，近来身体有些不快，不曾去得。却好，他女儿很孝顺，他在监里的时候，他女儿半夜里，悄悄偷探了几次监，几回要扭断锁，放他老子出来，他老子骂她道：'我若想逃，也不自首了。你这丫头要胡闹，就真送了我的性命了，并且县太爷待我这般恩深义重，我怎忍心越狱脱逃，去害他担处分呢？'女儿见他老子这么说，才不敢扭锁了。杨海峰把想报答县官的话，向他女儿说出来，他女儿一点也没露出不愿意的样子来。这回就是送他女儿到咸宁去，但不知道那县官肯收他女儿做妾也不。"

雪门和尚大笑道："原来有这么一回事，我在西安，虽与咸宁相离不远，只是终日不出门，又少和人来往，所以一些儿不曾得着消息。既有是这么一回事，我们果是用不着再去陈仓山了。"

朱镇岳问道："不去陈仓山，就从此改道去刘家坡？"雪门和尚摇头道："刘家坡不能就从这里去。我们已到了这里，离天台山不远了，天台山上也很有几个人物，我原来打算先带你到陈仓山，见过杨海峰之后，就去天台山盘桓几日，于今只得直去天台山了。"

王长胜从旁赔着笑脸说道："老师父和朱公子要去天台山，也是从宝鸡县去的道路好走些。今夜虽没有多久的时间了，只是在这山里，莫说安睡，便是坐的地方也没有。我想请两位就此同去宝鸡县，舍间虽逼仄不洁净，只是权且休息，比这荒山上，总得安逸些儿。并且这件案子，若不是遇着两位，办不活，受追比，还在其次，不过皮肉上受点儿苦；这位公差爷误中了药弩，不是老师父的灵丹妙药，还了得吗？我这一条小性命就此送定了，是不待说，还不知道一死能不能了结？我一条小性命送了，却没什么要紧，老师父请说，舍间一家老小如何过活？两位不但是我的救命恩人，要算是舍间一家老小的救命恩人。我若就是这么放两位走了，那还有一些儿人心吗？"

雪门和尚已扬手止住王长胜，不教他再说下去，随打着哈哈笑道："我们无心替你办活了这桩案子，替地方除了一个大害，算不了什么恩。至于治好了公差，更是我们应做的事。世间哪有见人要死，自己能够救得活，竟忍心袖手旁观，不去施救的道理？况我是一个出家人，存心专以慈悲救人为本，这说得上是你家的救命恩人吗？你这些话快不要提了，要我两人到你家去，倒也使得，就拾掇了走吧！"王长胜听得肯去宝鸡县，登时欢喜得什么似的，一叠连声叫伙伴，抬公差，搬猴尸，扛猎具，一行人循着道路下山。

走到宝鸡城，已是天光将亮了，他们系奉命办案的，不必等天明开城，随时可以叫开城门进去。当下王长胜在前，叫开了城门。王长胜向雪门和尚道："让他们先去县衙，我陪老师父和朱公子到了舍间，再去消差不迟。我想这时分，县太爷正睡得安稳，决不会立刻升堂。"

和尚笑着摇头道："那如何使得？你是个为首的人，倘若县太爷闻报就升堂，传呼你时，怎样使得？并且公差受了重伤，县太爷听了，必更升堂得快。我和你们一阵到县衙里去，且消了差再说。"王长胜更是喜出天外。

不一会儿到了县衙，天光已经大亮，各店家都开市了。雪门和尚见县衙旁边有一家茶楼，进去喝茶的人已不少了，便向王长胜说道："你们去消差，我二人在这茶楼上等你。"王长胜连声应"好"。师徒二人，遂上了茶楼，拣了一张桌子，师徒分上下坐了，即有堂倌过来招呼。

朱镇岳虽昨夜曾吃了干粮，此时腹中尚不觉饥饿，只是口里淡得很。见堂倌过来，就忙着问道："你这里有什么荤鲜的菜，可多弄几样来给我吃。吃完了，我可多给你几两银子。"堂倌听了多给几两银子的话，忍不住两只小眼睛，就和捕班遇了强盗一般，只管圆鼓鼓的，向朱镇岳遍身上下打量。雪门和尚只作不理会，掉转脸望旁边。明知自己徒弟是个公子爷出身，外面的世情，一些儿也不懂得。在报恩寺的时候，虽不及在府衙里那般供养，只是饮食并不粗劣，因此朱镇岳不觉得十分口淡。自从西安出来，每日都只勉强充饥，哪里有一样可口的东西下肚呢？一来荒村逆旅，本没有甚可吃的；二来雪门和尚，这次带朱镇岳出游，原是有意要给他些劳苦受，并使他熟练些世情。所以堂倌过来招呼，故意不作理会，看朱镇岳怎生发付。听了他对堂倌说的话，心里自免不了好笑，却忍住不做声。

朱镇岳被堂倌打量得气愤起来，登时两眼一瞪，唶了一声道："你这人怎这么混账，我问你的话，你聋了么？只管打量我干什么哦，你见我这外衣破了，只当我吃不起荤鲜，吃了不给你钱么？"堂倌见朱镇岳发怒，便连忙赔笑说道："客官不要生气，我起初疑心客官是外路人，后来却又听出是本省的口音，所以不知不觉的，多望几眼。客官快不要着恼，我们帮生意的人，怎敢这么无礼。"

朱镇岳见堂倌一赔不是，气愤就立时消了，挥手说道："只要你不是怕我没钱就罢了。好，好！不要多说闲话，耽误了时候，快去拣好吃的，弄来给我吃。我师父吃素，素菜也多弄几样来。酒不用问，我师徒二人都从来不喝的。"朱镇岳一口气，将这些话说完，复连连挥手，教堂倌快去。楼上坐了好几个喝茶的客，都望着朱镇岳好笑。堂倌也就笑道："客官弄错了，我们这里是茶楼，只有茶卖，从来不卖菜的。客官要吃荤鲜，须到酒菜馆里去。"

朱镇岳不禁诧异道："你们这里专卖茶吗？"随掉过脸，向雪门和尚道："师父，我们走错了，我口又不渴，谁要喝茶呢？"和尚道："要吃荤鲜，这时候还早。馒头饽饽，这里是荤素都有的，胡乱吃些儿当点心，且等酒菜馆开了市，我再领你去吃。"朱镇岳听了，不好再说什么，低着头，咕嘟着嘴，不则一声，堂倌和那些喝茶的客人，都望着暗笑。

雪门和尚向堂倌说道："你就去拿几盘荤素点心来吧，我们吃了还要赶路呢。"堂倌应着去了。一会儿送上茶和点心来，师徒二人正吃喝着，只见王长胜，引着一个公差打扮的人上来，走近跟前，公差向师徒二人请了安，立起来恭恭敬敬的说道："敝上差小的来，奉请老师父和朱公子到衙门里去。"公差的话说到这里，王长胜便接着说道："果不出老师父所料，我们进了衙门，门上二太爷就说，大老爷已经吩咐下来了，办马猴案的随时办活了，要随时传报，不必等候堂期。当下门上二太爷见我们一到，立刻传报进去，不到一会儿，县大老爷已经升坐大堂，传我上去问话。我将昨夜的情形据实禀明了，老爷现出非常欢喜的样子，带着笑问我道：'报恩寺的师父和朱公子同你们来了，此刻还在外面吗？'我回两位在高升茶楼喝茶。老爷连连说道，那如何使得？随叫这位公差爷上去，教了几句话，要我同来，请两位到衙里去。"

雪门和尚笑向公差道："我两个原是路过西太华山，无意中干了这回事，算不了什么。承贵大老爷来请，我本应带着我这徒弟去请安，奈我们昨夜整夜不曾合眼，此刻精神已不济，并且我们还有要紧的事须得赶路。请你拜覆贵大老爷，我们回头在此地经过的时候，准带这徒弟到衙门里，向贵大老爷请安。这回恕不奉命了。"

公差哪里肯走呢，暗暗推着王长胜，要王长胜求请。王长胜自是说了又说，无奈和尚执意不肯。二人只得回身下楼，打算将和尚的话去回覆那县大老爷。刚走到楼梯口，即见有两个跟班打扮的人，拥着一个十七八岁的公子上来。这公差一见，忙让路，垂手立在一旁，口里叫了一声"少爷"。那公子问道："老师父和朱公子在哪里？"王长胜知道是县太爷恐怕请和尚不动，特教自己少爷来请的。连忙用手指着答道："两位都在上面坐着。"

那公子随着指处一望，已经看见了，急走了几步，先向和尚一揖到地，回身向朱镇岳也是一揖。和尚与朱镇岳见了那公子雍容华贵的样子，不觉都立起身来答礼。

不知那公子姓甚名谁，请动了师徒二人没有，且俟下回再写。

忆凤楼主评曰：

　　杨海峰遭官司事，却从王长胜口中原原本本写出，此虚写法也，较之实地叙来者，更为有神矣。

　　朱镇岳入茶肆而索酒食，活写出一不谙世情之公子哥儿，令人为之绝倒，宜观者之窃笑其旁矣！而雪门和尚竟不加纠正，听其自然，尤觉传神阿堵。

第十四回

生艳羡公子珍破衣　致殷勤嘉宾进美馔

话说那宝鸡县知县的少爷，向雪门和尚师徒二人行过礼之后，从袖中抽出一张大红名片来，双手递给雪门和尚道："家君听说老师父昨夜治好衙役、朱公子赤手裂开马猴的事，钦仰得五体投地。本要亲到这里来，恭迎老师父和朱公子，去署里略尽一尽东道之谊。奈官守有在，不便亲来这里，不得已，才命弟子来迎接两位，千万要请两位枉驾。"说毕，又打一躬。

雪门和尚接过那名片一看，上面印着"景霁"两个寸来大的字，反面印着"晴初行二"四个小字。即合掌当胸，笑着说道："老衲师徒有何能德，劳尊大人这般殷勤相待？更烦劳公子亲劳玉趾。刚才遵纪已再四传达尊大人盛意，无奈老衲方外之人，与顽徒偶然除了一个地方之害，实算不了什么事，尊大人殷勤之意如何敢当。并且老衲和顽徒弟长途劳顿，昨夜又未得安眠，正想在这里略事休息，便要赶路往天台山去。所以转托遵纪，把这点意思敬覆尊大人。于今既是公子亲来，老衲只得遵命了，不过老衲有句话，得先在公子面前告罪。"

景公子忙说道："老师父有话尽管吩咐，弟子无不照办。"

雪门和尚笑道："老衲山野之夫，疏放成性，见过尊大人后，便须告辞起身，不能在贵衙署里留连。"

景公子笑道："谨遵台命便了。"

　　和尚教朱镇岳还茶点账，景公子自是不肯。堂倌们见是县太爷的少爷在这里，谁不想乘机讨好？自然齐声说："老师父不用问。"和尚知道他们绝不肯教付，也就不再说了。

　　朱镇岳见景公子衣饰华丽，回顾自己身上，却穿着昨夜被马猴撕破的外衣，少年公子性情面子上，自免不了有些觉得过不去。幸喜包袱里还带着有齐整的衣服，望着和尚说道："弟子不换衣服怎么去？"

　　和尚哈哈笑道："我等出门行路的人，有甚要紧？"说时，随指撕破了的外衣，给景公子看道："这就是昨夜那马猴给他撕破的。"

　　景公子一见朱镇岳那种飘逸风神、英爽气概，又知道他负着一身惊人的好武艺，赤手能撕开一只那么大、许多猎人都拿不到的马猴，心里又是敬，又是爱，又是惭愧。暗想：他是西安府知府贵公子，比我只有高贵，偏他能练出这样一身本领来，随着他师父到处游行。我也有了一十八岁，却镇日关在家中，连要出外逛逛，都是派几个下人跟着，怕人欺负了去。和他比起来，岂不要羞死？"心中正在如此想的时候，见和尚指了撕破的衣服给他看，又见朱镇岳解开包袱拿衣，急伸手止住说道："像公子身上这样撕破的衣，依小弟的愚见，觉得穿在身上，荣幸非常，比世上一切绫罗绸缎，都体面得不知有多少倍！绫罗绸缎的衣，只要有钱，谁也能穿得上身；这一件破衣，不是公子，有谁够得上穿？公子若定要更换了好看的衣才去，即是以世俗的眼睛，待家君和小弟了。"

　　雪门和尚也笑道："是呀，景公子的话，虽是带着奉承你的意思，但是实在也没什么可丑，我们就此走吧，累得县大老爷久等，更是无礼了。"

　　王长胜立在朱镇岳后面，即把包袱接过来说道："我替公子背着。"朱镇岳只索不更换了。

　　一行人下来茶楼，景公子侧着身子，在前引道。须臾进了县衙，一直引到里面一个小花厅内，请师徒二人坐了。正待人里面通报，门帘启处，已走进一个便衣小帽、年约五十岁的人来，笑容满面的，向师徒二人拱手说道："老和尚、朱世兄竟肯枉顾，使我得瞻仰风采，真是荣幸极了！"

师徒二人忙立起身，朱镇岳听得呼自己世兄，料到必是和自己父亲有交谊。只因自己在衙门里的时候，一心专在读书，世交父执，知道的认识的很少。官场中的年谊世谊，是最讲究的，一点儿也不能错乱。当下，便呼着老世叔，向前请了一个安。

景晴初忙伸手拉住，逊坐说道："我与尊翁本是会试同年，又同时分到陕西来，十多年彼此往来，少有间断。就只这几年，因山川阻隔，彼此又都有职守，才阔别了不曾见面。你的两个哥哥夭折的时候，我都在尊府，曾几番劝慰尊翁，想不到只几年不见，世兄便长成一个这般人物，并造诣到这般的本领，实是可喜之至。"说完，回头望着景公子说道："无畏过来，应重新叩见老和尚与朱世兄，朱世兄的年纪比你大，应称大哥。"

景无畏侍立在他父亲旁边，见他父亲招呼，真个向雪门和尚紧走几步，恭恭敬敬的叩拜下去，忙得和尚合掌鞠躬不迭。起来又向朱镇岳拜，朱镇岳已先拜了下去，两人起来，景无畏仍侍立，不敢就坐，朱镇岳遂立着不好坐下去。景晴初教他儿子在下首坐了，朱镇岳才坐下来。

景晴初望着雪门和尚笑道："我知道老和尚是有道德的高僧，并有公孙古押衙的绝艺，与华佗、扁鹊的神术，我要领教的话与奉恳的事，藏着一大肚皮，不是一时能说得了。我知道老和尚和高徒昨夜一夜不曾合眼，此时不待说是又饥又乏，我已准备了荤素的几样小菜，我们大家吃过之后，两位且休息一日，我藏着的一大肚皮的话，过了明日再谈。"

雪门和尚望着景无畏笑道："公子，老衲不是曾告罪在先吗，怎的公子倒忘了呢？"景晴初听了，不知和尚先说了什么话，复回头问无畏。景无畏立起身，将和尚在茶楼上告罪的话说了。

景晴初大笑道："老和尚也太把我父子作恶俗人看待了！我小时候也是个最喜欢使枪刺棒的，只恨不曾遇着名师，才成了今日一个这么文弱的书生。可是我的性情，今年虽已五十二岁了，仍是粗鲁，有那些武将的脾气，说话文诌诌的来不惯。老和尚若把我当一个酸腐的文人，不屑和我拉交情，那就辜负我一片敬慕的心了。至于朱世兄，我既和他尊翁有这点儿交情，我就托大，也要留他在这里盘桓一晌，不怕他不看我一点老面子。"

正说笑时，一个跟班进来，说酒席已经安排好了，景晴初笑着起身道："仓卒也弄不着好吃的，且暂时充充饥吧。"雪门和尚逊谢了两句。景晴初引道出了花厅，到对面的一间陈设很精雅的房里，一字并排，摆了两席酒菜。

景晴初道："老和尚吃素，我也是喜欢吃素的，我来奉陪老和尚坐这一席，无畏陪你朱大哥坐那席吧。"彼此大家坐定，吃喝起来。虽说是仓卒办出来的筵席，官衙里毕竟胜过平民，若拿来和周老五家的酒菜比较，自然是天地悬殊了。

朱镇岳自出西安以来，正是《水浒传》上李铁牛说的，口中淡出鸟来。但是此时，喉咙眼里虽饿得伸出了手，也得装一点儿客气，不好抓着便往口里塞，你谦我逊的，闹了好一会儿虚文俗套，才认真吃喝起来。

吃喝已毕，景晴初父子把师徒二人，带到一间书房里，那书房安了两张卧榻，以外书案、书橱和桌几上的陈设物品，都极精致。景晴初道："卧具草率得很，两位辛苦了，将就点儿，休息休息，只比荒山旷野略好些儿。"

雪门和尚合掌笑道："我出家人享受这般供养，真是罪过不小。小徒在家的时候，虽是享受得不差，只是自从进报恩寺，却也很受了些清苦。至于这次随老衲出游，餐风露宿，更是老先生做官的人，想不出的劳苦。小徒今日在老先生这里，就像是贫家的小孩子过年，吃的也有，穿的也有，玩耍的也有，他心里正不知有多痛快呢，老先生怎用得着再这么客气！"说得景晴初父子都笑了。

朱镇岳脸嫩，倒觉有些不好意思。景晴初只略略闲谈了几句，便请师徒二人休息，自带着景无畏出去了。

朱镇岳脱去了撕破的外衣，问雪门和尚道："师父也睡么？弟子在光未明的时候，沉沉的想睡，跟着一群猎户在路上走，几次险些儿被石子绊跌了。两眼不用劲，便睁不开来，有时分明睁开了，却一点也看不见，满眼全是黑洞洞的。既是瞧不见，只得又合起来，谁知这一合起来，就再也不想睁开了，心里究竟是明白在路上行走，不能把两眼长久合了，于是半开半合，马马虎虎的跟着大家，高一步、低一步向前乱走。只是心想，要是有一处可睡的地方，给我安安乐乐的睡一觉，这甜美的味儿，必是平生不曾尝过的。及至进了宝鸡城，不知怎的，睡意就完全没有了。这时候，更像平日睡足了一般，不再睡也罢了。"

雪门和尚道："这是一种心理上的关系。你一进宝鸡城，先到茶肆中，后又到这里来，全心都被别的事物牵引着，自然把睡魔驱走得无影无踪了。不过停歇上了床，身心一放，定就沉沉睡去。那时睡中的境地，一定很甜美哩！"说了一会儿，也即各自就寝。

不知在这宝鸡县中，又遇见了什么事，且俟下回再写。

忆凤楼主评曰：

朱镇岳顾视破衣，逡巡不前，颇欲易而去之，未免尚有世俗之态。若景无畏之一席话，视此一袭破衣为重，而以绫罗绸缎为轻，是真有豪杰之心肠矣！宜厥后雪门和尚乐为收之门下。虽然，此特二人处境之不同耳，易地则亦然。

景晴初之于雪门师徒，适馆授餐，弥极殷勤之致，人皆谓所以报其除猿之德也，实则亦不尽然，盖有求于雪门和尚耳。比观下文乃益信。

第十五回

医怪疾高僧留县署　缔深交小侠滞书斋

话说朱镇岳第二天醒了起来，只见师父已不在房中，便在一张椅中坐下，两眼向房门口望着。不一会儿，忽见走进一个人来，定睛一看，却不是自己的师父，乃是景无畏公子，遂急忙立起。

景无畏见朱镇岳已立在房中，即过来拱手赔笑说道："大哥已起来了吗？失礼之至！小弟已来这里看过无数次了，见大哥睡得酣美，知道是疲劳过甚，便不敢惊动。已起来了好一会儿么？"

朱镇岳谦逊几句，说道："刚起来不久。我师父在外面陪老世伯谈话么？"这时见有个跟班在门边伺候着，景无畏便先教那跟班打水来，给朱公子洗漱，跟班应着去了，才让朱镇岳坐了，答道："老师父此刻正在里面，替家姊诊病，只怕还得一会儿方能了事。这回若不是老师父的法驾降临，家姊的性命固是不保，就是家父家母，也不知要急到怎样。"

朱镇岳听了，方要问景无畏的姐姐是害了什么病，跟班已送洗漱水进来，只得起身洗漱。一看书橱上面放着一个包袱，认得是自己的，遂伸手取了下来，就书案上解开，拿出一件衣服。景无畏喜滋滋的过来，指着宝剑问道："大哥昨夜杀那只大马猴，就是用这宝剑么？"

朱镇岳摇头笑道："若是用了这把宝剑，我身上的外衣，也不至被那畜牲撕破了。"景无畏诧异道："大哥怎的不用这剑呢？"朱镇岳即将当时想活捉了，带回西安去的话说了。

景无畏拍着手笑道："大哥想的实不错，像那么大的马猴，带回西安去，倒真好耍哩。见过那么大猴子的人，只怕也少，不过须有大哥这么大的本领，方能养这猴。换了旁人见了它，就得吓软手脚，谁有这么大的胆量，敢喂养它哩？"

朱镇岳道："这却容易。我若是昨日活捉了它，今早就得在这里，买一条大铁链和一把很坚牢的铁锁，锁住了它的颈项。带回西安，就锁在我们府衙后面，那个大花园里的房柱上。它纵然想咬人，有铁链锁了，它能有多大的气力，可拉断那铁链吗？那时随便哪一个人，送东西给它吃，都没有要紧。"

景无畏点头叹气道："可惜了，只是这也是那马猴作恶太多，天理人情都应遭这般惨死。若给大哥活捉了，说要带回西安有用处，家父碍着大哥的情面，又明知非大哥没人能制服这畜牲，也不便定要留下来正法；那么这畜牲作恶多端，不反得了好处，以后在大哥手里，不是更无人能奈何它吗？那么被它奸死了的，和因被它奸了，羞愤自尽死的妇人，皆永远含冤地下，无伸雪的日子了。"

朱镇岳听了这一派话，心想："不错，这情理我竟不曾想到，如果我真个活捉了，带回西安去，岂不是和窝藏盗匪、庇护恶人一样的犯法吗？可见得做事不论大小，都得仔细思量，免得事后追悔不及。"

景无畏见朱镇岳沉思不语，以为是自己的话说得过于直率，使朱镇岳听了心里难过，忙用言语来解释。朱镇岳笑道："我的年纪虽比老弟痴长了几岁，见地实不及老弟多了。这话不是老弟提醒，我心里说不定十年八载，还觉那马猴撕破了可惜呢。我师父带我出来游历，也就为我不大懂得世故，老弟不要误会了，我若怪老弟说话直率，那我就更糊涂了。老弟刚才说，我师父替令姊诊病去了，不知令姊患的什么症候？"旋说旋穿了外衣，仍将包袱捆好，搁上书橱。

景无畏道："说到家姊的病症，真是使家父母急得无法。邻近三五百里远近的有名医生，没一个不曾迎接到这里来，认真求他们医治。治不好没要紧，他们那些医生诊过了出去，还得在外面胡说乱道，传到家父母耳里，直气得说不出话。"

朱镇岳性情爽直，听景无畏说了好大一会儿，究不曾说出一个什么病来，不由得截住话头问道："毕竟是个什么症候呢？"

景无畏道："毕竟是个什么症候，连我也说不出。家父雷厉风行的，着落众猎户要捉拿这只大马猴，一半为的是这猴子犯案过多，一半也就为家姊的病症。外面谣言，说是这马猴作祟，其实何尝与这马猴相干？家姊这病，起了有八个月哪！初起是没有精神，不大能吃饭，每日就只在床上睡着。家父也略懂得些医道，自己开了几个方子，服了几帖药，精神略好了些，但饮食仍是不如从前。三四个月下来，肚子看看的大了。家里雇的一个老妈子，乱说小姐有喜，家母气不过，将老妈子开发走了。从此才延医来诊，吃下去的药也不计数，哪里有一些儿效验呢？倒诊得那肚子一月大似一月。

"大哥是知道的，我们都是诗礼人家，怎会有这种不体面的事，家父母明知是得了什么奇异的病，只是不遇着名医，不能得个水落石出。恰好这几个月，这马猴闹的案子又层出不穷，外面的谣言就有说家姊的病，是由这马猴作祟起的。还有些无赖，平日被家父惩责的，更造出种种奇怪谣言，说得满城百姓都见神见鬼的，竟说夜间看见一只大马猴，在这房上走来走去。家姊几番要寻短见，都被丫鬟看出来了。家母痛哭流涕的劝慰说：'你这一死，外面的谣言更不得明白。'

"天幸今早猎户来呈报，说公差中了没解药的药箭，有西安报恩寺雪门老师父，路过西太华山给治好了。家父听了，就连忙追问，才知道大哥也一阵到这里来了。所以家父来不及的命小弟出来迎接。家父的意思，本想请老师父和大哥且休息，到明日再求老师父去里面给家姊诊治的。奈家姊这两日肚子胀闷得太厉害，早饭时候已昏死过去了，家母急得哭起来。家父没法，只得轻轻到这房里来，看老师父醒了没有。谁知老师父却已起来，并已听得家母哭声，见家父进来，倒是老师父先开口，问什么人号哭。家父只得将家姊患病的情形说了。老师父真是菩萨心肠，一句话也不推辞，即随着家父到里面。诊过脉息，据老师父说，只须半月工夫即可完全治好，并说有喜这些话完全是胡说，明明饮食之间不当心，吃了些毒物进去，才起了这种鼓胀病呢！"

说话之间，景晴初已陪了雪门和尚，来到书室之中。朱镇岳即规规矩矩的，上前向二人请了早安。景晴初笑着对朱镇岳说道："如今要屈留你在这里几天了，因为已蒙尊师应允，留在敝署替小女治病，大概总有十天半月的耽搁吧。这么一来，你们哥儿俩倒可多叙谈几天了，并且我很想教无畏跟你学习一切呢。"

不知朱镇岳怎生回答，且俟下回再写。

忆凤楼主评曰：

无中生有，捏造谣言，此为世人之通病。景小姐得怪疾，而外人之浮言即纷起，亦其一例。幸遇雪门和尚，始得起沉疴、全清名，否则景小姐一死不足惜，尚留污名于身后，岂不冤哉！

医生为人治病，所以造福人群者也。今不能治人之病，反在外散播种种流言，不恤污人之名，求卸一己之责，此其心尚堪问乎？吾恨不能食此辈医生之肉而寝其皮！

朱镇岳之于马猴，固欲得而生擒者也，愿既未偿，中心未尝不耿耿。景无畏无意中，竟得一辟其谬，使之释然于心，谢过不遑，然则景无畏诚朱镇岳之畏友哉！

第十六回

水乳交融欣逢同调　洗瀣一气喜得名师

　　话说朱镇岳听了景晴初的一番话，也笑着答道："老伯言重了，小侄有何德何能，好教兄弟跟我学习？倒是老伯德高望重，小侄倒可乘着在这里的时候，时常请教，这是小侄很引为幸事的呢！"大家谦逊了一番，景晴初也自去办公事了。从此，师徒二人便在景晴初署中住了下来。

　　朱镇岳和景无畏竟谈得非常投机。这一天，二人又在书室中谈天，景无畏道："此刻老师父正在里面，亲手调药给家姊服。母亲说，非等家姊的病完全治好，无论如何，决不放老师父和大哥动身。这真是我家的缘法好，才能在这要紧的时候，好容易遇着老师父和大哥，这岂是寻常的遇合？就是依小弟一个人的意思，不遇见大哥则已，既是我有福分，能得遇见大哥，也断不能就是这样随随便便的放大哥走。不过若不是家姊，害了这样奇怪的病，非老师父不能治，我便得遇见大哥，也只能留大哥在这里盘桓三五日。大哥真有重大的事要走，小弟难道好不知世故的，蛮扭住大哥不放？论人情，虽不忍说幸得家姊病了，你我方有此多聚首的机缘；但就事实看来，确是亏了家姊这病，大哥不怪我这话说得太荒唐吗？"

　　朱镇岳看了景无畏这种温文尔雅的态度，和殷勤恳挚的情谊，自己是个没有兄弟的人，忽然得了这般一个异姓兄弟，心里如何能不高兴呢？连忙点头答道："这话一些不错，就是我也想多和老弟团聚几天。我这回同师父出来，什么重大的事都没有，只是虽没有重大的事，若平白无故的，要在这里住多少日子，师父是必不肯的。因为我的身体，本来经不了多的劳苦，脾胃也浓厚惯了，好容易从西安出来，劳苦清淡的到了这里，已渐渐的习惯成自然了；再加十天半月的工夫，便可劳苦不觉了。在这里住多了日子，不是前功尽弃吗？恰为了令姊的病，绊住师父，我也就住下来了，这真是很难得的机缘啊！不过我也有一种怕惧，生怕这一住下来，我的功夫又要懈怠哩。"

景无畏道："大哥的话说得很是，不过说怕功夫懈怠，这倒不成问题。这里署内后园中，有一块很大的旷地，大哥如果要练功夫，小弟尽可陪着大哥到那里去。小弟并欲借此一广眼界哩！"

朱镇岳听了十分欢喜，即䎃着无畏陪他一同去后园中。只见那后园也小有园林之胜，地方果然很大。二人四下游了一会儿，便在一片旷地上立着。

景无畏笑着说道："大哥如今可以施展拳脚了。"朱镇岳把头点点，说声献丑，即把衣服一挽，在草地上打了几回拳。数日不做功夫，得这么练了一趟，血脉和顺得多，精神也觉得爽得多。却把旁观的景无畏，倒瞧得眼花缭乱、心痒难熬了，便对朱镇岳说道："小弟虽是个门外汉，但瞧大哥方才练了这么一套功夫，觉得实在不错，并且以为少年人在外处世，应练有这么一种功夫的，所以很想跟大哥学习一下，不知大哥，也肯收我这个呆笨的徒弟吗？"

朱镇岳笑道："我自己的功夫尚没有练成，程度还浅薄得很，怎么就好收徒弟呢？兄弟如今说这种话，不是在那里取笑我吗？"

景无畏道："小弟完全说的是实话，哪里敢取笑大哥？大哥的功夫，虽说还没有登峰造极到十分高深的地位，然而总算已有门径，像我这种启蒙的程度，大哥难道还怕教不下来吗？"

朱镇岳笑道："兄弟这话却说错了，越是启蒙的功夫，教起来越是为难，越是含糊不得。因为人当初学的时候，好似一只船驶行海中，茫茫然无所之，须替他定个方向。方向能定得对，那么按程前进，自有达到目的地之一日。否则方向一误，就有迷途之虞，即永无达登彼岸之望，这如何可以含糊得一些呢？如今兄弟既是如此意诚，我看这样办吧，我师父的功夫最是了不得的，不如就请他老人家，收你做个徒弟。他老人家对于你家感情很好，大概不致拒绝，那你跟着前去练功夫，我们更可镇日子同在一处了，岂不是好？不过伯父伯母那边，不知意下如何，也能舍得让你出去吗？"

景无畏听了，欢喜得了不得，便道："这个主意好极！让我禀明父母，就去求他老人家，并请大哥在旁代为恳求几句。至于家父家母那边，虽说是很疼爱儿子，舍不得相离，但望儿子成材之心也很切。对于小弟要出外从师，练习武艺，素有一种默许，并不怎样反对，只因一时没有得到明师，所以不曾实行。如今有这个机缘，那是再好没有了，一定可以允许我呢！"说完，又看朱镇岳练了一回功夫，方始回到里面。

这时雪门和尚也已替景小姐看了病，由景晴初陪着出来了。景无畏便上前去，将要拜雪门和尚为师、练习武艺的话，向他父亲禀明。景晴初听完，略略踌躇一下，便道："这事甚好，我亦早有此意了。你瞧像朱大哥的功夫，练得如此之好，他自己果然觉得很有趣味，就在他们伯父伯母面上，不是也很有光彩吗？不过像你这么一个顽劣的徒弟，不知老和尚肯不肯把你收在门下。"边说边向雪门和尚望着，并微微一笑。

雪门和尚道："老衲原想多收几个徒弟，像公子这样头角峥嵘，而且满脸露着清秀之气，一见就知很有根器，我早已有意要请舍给我做徒弟了，只恐老先生不肯，所以没敢开口。如今既是老先生同公子都有这个意思，这真不谋而合了，我难道还会反对吗？"

景晴初道："这是承情之至，那么师父几时带他去呢？"

雪门和尚道："这总要待老衲回到西安之后。如果如今就带他同行，路上这种辛苦，那他一定要弄不惯的。"景无畏不等他父亲说话，就说道："师父既然已肯收弟子做徒弟，不如就带弟子同走吧。一则可让弟子见见世面，再则也可让弟子习点劳苦呢！"

雪门和尚听了，望着景晴初道："公子如此说法，老先生意下如何？老衲却无什么意见。不过如果真是这么办的，那我一等姑娘病好，就要带公子同走了，不知老先生也舍得不？并且夫人那边，也须得说个明白呢。"

景晴初道："这是迟早总要走的，有甚舍得不舍得？至于贱内对于这事，一定没有什么话说，只要向她说明一声就是了。只是小儿初次出门，行装未齐，还须得略略制备些。"

雪门和尚道："这是当然的事。"

景晴初道："无畏，如此说来，你可以拜见师父了，还呆立在这里则甚？"无畏听了，忙去向雪门和尚磕了头，又和朱镇岳见了礼。

晚间，又备了荤素二席，算是拜师父的酒，这也不在话下。不多几日，景小姐的病已完全治好，无畏的行装也已办齐，师徒三众一起动身。无畏和父母分别的时候，自有一种凄凉的景况，也不必细述。

至于动身以后，不知途中又遇见些什么事情，且俟下回再写。

忆凤楼主评曰：

因景小姐之一病，而使朱镇岳、景无畏二人得以叙谈衷曲，缔结深交。是景小姐之病，固大有造于二人也，即谓为作者写景小姐之病，正是作者之故弄狡狯处，亦无不可。观于写景小姐之病状略，写二人之谈话之详，益昭然若揭矣。

写景无畏因观练艺而思拜师，弥极纡徐之致。于是雪门和尚又得一高徒，而朱、景二人亦可长在一处矣！

第十七回

奋神威道旁斗猛豹　比剑术山下缔新知

话说师徒三众一到路上，雪门和尚就对朱镇岳说道："我这一次带你出游，原欲教你习点辛苦、练上点儿外功的；不过如今同了无畏在一起走，他是不会练功夫的，那可不能像先前这样的猛力赶路了。我看如此办吧，你尽管放开脚步，自向前走，让我带着无畏，在后缓缓跟着。每天应在什么地方打尖或住宿，我来告诉你，你先走到，就在那里等着就是了。好在此去天台山也没有什么岔路，你一定不会迷途咧！这不是可以各行其是吗？"朱镇岳点头赞成，含笑向二人道："如此，我先行一步了。"即放开足步，向前走去。

一路无话。这一天走到申牌时分，心中忖算：照情形看去，快要到天台山了，不知师父同着师弟，此刻已走到了什么地方？正在忖着，忽然有一件东西，在他眼前一耀，连忙掌眼一看，原来一头豹子从山径上奔下，径向他扑来了。他暗暗好笑："这头豹子真大胆，在这晴天白日，竟敢闯到这大路上来。也总算是这孽畜晦气，恰恰遇着了我，我决不放它过门。"说时迟，那时快，那豹早已身临切近。朱镇岳便提起拳头，恶狠狠的一拳，向豹的肚腹上打去。

谁知这豹也真灵活，拳头没有打到它身，它早已"嗥"了一声，倏的又跳到朱镇岳的背后去了。朱镇岳仍是提着拳头，使劲的对准着它打去，这豹却又跳了开去。这样的跳来躲去，闹了好一阵，始终人也没有伤着豹，豹也没有伤着人，倒闹得朱镇岳有些着恼起来了。暗想：好一头玩劣的豹子，看来徒手是对付它不下的了，不如拔出剑来，结果了它吧！正待掣出剑来，忽听得有人在山上大声喊道："哪里来的强徒，休得伤你家小爷看家的豹子！"

朱镇岳连忙抬头看时，只见山径上，立着一个十六七岁的少年，背负长剑，在左胁下悬革囊，生得巨颡广口，英气盎然，不觉暗暗喝一声彩，一面也就答道："明明是一头玩劣的野豹，哪里会是你家豢养的，休得胡说！"边说边就把剑掣出，仍赶着向这豹刺去。

这豹也真是奇怪，不待剑锋到来，早已掉转身躯，飞快的向山径上奔去。在这当儿，那个少年却动了火了，早把背上的长剑拔出，大踏步走下山来，在和朱镇岳相距的十数步外，立住了足，对着朱镇岳朗声说道："你不要专寻着这豹子作对，你如果真是个汉子，真有本领的，可来和你小爷斗上几个回合。"

朱镇岳守着师父雪门和尚的教训，原不愿乱逞本领，和人厮斗。不过年少气盛，听了方才这几句话，实在有些受不住，并且存心也要瞧瞧这少年，到底具有何种本领，就笑了一声说道："你既愿和我厮斗，我难道还怕了你？有什么本领，尽管使出来吧！"

那少年道："这才是好小子。好的，我可要放肆了。"说着，即奔前几步，又把脚站定了，就展出手来，一道剑光直向朱镇岳站的地方飞去。朱镇岳忙也取剑架住，就此一来一往的斗起来。朱镇岳暗看那少年的剑法，虽和自己的派路不同，却也精湛绝伦，无懈可击。那少年也暗暗夸赞朱镇岳的剑法好，自己放出全副本领来对付，只能打个敌手，竟没有法子可赢他。两下斗了好半天，尚分不出什么胜负来。

忽听远远有人高声喊道："你们两人快快住手！大家都是自家人，又何必这样的恶斗呢？"这话的效力很大，二人听了，同时住了手。朱镇岳忙回头看时，原来师父同着景无畏来了，方才说话的正是师父呢。暗想：那少年一定和师父有世谊，所以师父认识他，说彼此都是自家人。再看那少年时，却圆圆的鼓起两个眼睛，露出诧愕之色。一会儿，雪门和尚已同着无畏走近他们二人之前，那少年已收了剑，似行礼非行礼的，向雪门和尚闹了一个玩意儿，一面问道："师父到底是什么人？我并不认识师父，师父大概也不会认识我，怎又说是自家人呢？"

雪门和尚笑道："我已有二十多年不来这里了，我当然不会认识你，你当然也不会认识我。不过我虽不认识你的人，却认识你的剑，你这剑法，不是和蒋立雄一派么？这是我们常在江湖上走的人，一瞧就可知道的。我和蒋立雄是多年的老友，如今遇见了和他同派的人，怎能说不是自家人呢？"那少年一听这话，顿时改变了容态，露出了一种肃然起敬的样子，忙说道："原来是师伯来了！我唤蒋小雄，师伯方才提起的那一位，就是家父，但不知师伯法号的上下，是哪两个字？"雪门和尚道："我就是雪门和尚，这是我的两个小徒，你们大家见见吧！"

蒋小雄向二人行过了礼，问过姓名，又说道："原来是雪门老师伯，这是家父时常提起的。说就当今普天下善击剑的论起来，要推师伯为第一，怪不得朱兄的剑术，如此精湛无比！我方才瞧见了，本在那里疑惑着，这人的剑术，一定经过了名师教授的，如今果知名下无虚了。"

雪门和尚哈哈大笑道："好说，好说！你的剑术也难道可以说是坏吗？我方才远远的瞧见了几手，不是因为你比尊翁生得高，我简直要疑这击剑的就是尊翁呢。我且问你，尊翁现在在哪里，也在山上吗？我这次是特来拜望他的，并令小徒等瞻仰瞻仰老前辈的风采呢。"

蒋小雄忙道："在山上。真的，我贪说话说得忘了，嘉客远来，我应该早点去通报家父，使家父好出来迎接。如今请师伯同着两位兄长，沿着山径缓缓上去，我要先行一步了。"说完之后，也不待雪门和尚答话，就飞也似的奔上山去。那头豹子正在山径上等着，他刚走近豹的身旁，就将身一耸，跳上豹背，那豹也像驮惯了人似的，一点不露倔强之态，四蹄如飞，就驮着他向山深处行去了。

雪门和尚想要呼止他，早已来不及，便笑着对朱镇岳和景无畏说道："你看他多么活泼，竟把这头豹子，像马也似的骑起来了，这倒是从未瞧见过的啊！"朱镇岳持道："怪不得他方才说，这头豹子是他看家的豹子，照此看来，他倒没有打诳语咧！"说着，便把方才一节事，从头至尾，讲给雪门和尚听了。

雪门和尚道："我来的时候见你同人家厮斗，本有点儿诧异。想我曾几次三番的嘱咐你，总以谦逊为上，不要卖弄本领，怎一背了我，又不遵照我的说话起来？谁知原来是这么一回事。"说话的时候，便同着二人向山径上走去。又向景无畏望望，见他略露疲倦之色，便问道："走这点儿路，你还不觉得吃力吗？"景无畏道："弟子虽没有练过功夫，走长路是素来不怕的，所以这一次敢毅然决然的，情愿同着师父、师兄同走。不料和师父一比脚力，才知差得远了。但还总算是师父体谅我，还是开的慢步，如果也和师兄这样的赶起路来，那可真是要累死我了，如今只略略觉得有点疲倦罢了。"雪门和尚又慰问了他几句，边说边走上山去。

刚刚走到半山，只见有一大堆人迎面走来，迎头一个就是蒋立雄，后面跟着陈天祥、王大槐、李无霸、金祥麟等一班人，都是雪门和尚旧时认识的。此外还有几个，却不曾会过面；又随着几个雄赳赳气昂昂的少年，大概是这般人的子弟，蒋小雄也夹在中间，却不骑那头豹子了。雪门和尚见了，忙带了两个徒弟上前与众人相见，一一行礼。

蒋立雄便指着一个浓髭黑汉，向雪门和尚介绍道："这是萧天雄。"指着一个短小汉子道，"这是黄公侠。"指着一个大胖子道，"这是李半天。"还有什么吕荣卿、沈麟趾、尤大朋这班人，不免大家说了一番客套的话，随后又令这班小辈英雄，也上前见过。雪门和尚着实夸赞了几句。

蒋立雄也向朱镇岳、景无畏二人仔细端详了一回，向雪门和尚把拇指翘翘，夸赞道："你真好眼力，收得这么两个秀外慧中的好徒弟。"雪门和尚笑道："我的徒弟不过尔尔，你的令郎确实不凡，我已在山下瞻仰过他的剑术了。"蒋立雄微笑。

王大槐又对雪门和尚道："师兄，你为什么这时候才来？我们真是望眼欲穿了。我们这班人如今聚了住在这里，任什么都不干，真乐极了。你这一来，我们大家可要轮流宴请，不能放你就走。"雪门和尚笑道："想不到你还是这样活泼泼的，怪不得你一点不见老。好，好！我定要扰你们一个遍，我才走路。"说完，大家同向山上行去。

远远望去，山峰之上，盖着疏疏落落一大片的屋子，三三五五遥相衔接，映着青阡绿陌，别有幽静之致。

不知到了山上如何，且俟下回再写。

忆凤楼主评曰：

大道之上，忽来猛豹，已足奇矣，不图此豹之来，实有指使之人，尤奇之又奇者。宜读者阅至此节，辄觉五花八门，为之眼花缭乱。

雪门和尚初不识蒋小雄，而偏识蒋小雄之剑，猝闻之，似属奇谈，实则确也。盖剑术之各具家数，犹人之面目互判，在善剑术者眼中观去，若者授自何人，若者独属于某派，固一目了然耳。

双雄较剑，正自难分高下，雪门和尚适接踵而来，一场纠纷始得解，此于二人言之，深喜得此排难解纷人耳；在读者言之则不然。倘雪门和尚能迟迟未行，不将更有热闹之关节发见乎？

第十八回

月光下力劈大虫　山穴中生擒乳豹

话说天台山上蒋立雄一干人，簇拥着雪门和尚师徒三众，到了山上，已快近上灯时候了。由蒋立雄硬作主张，请他们在自己屋中住了下来，咄嗟之间，便又备起了一席素席、几席荤席，款待他们，说是替他们洗尘。

入席之后，雪门和尚这一席上，自有几个老朋友陪着他，畅谈别后情事；朱镇岳和景无畏却在另一席上，陪席的都是他们那班小弟兄。大家谈谈这样，谈谈那样，比别席更是来得起劲、来得热闹。朱镇岳便问起蒋小雄的这头豹子，到底是从哪里弄来的，竟养得如此之驯。

蒋小雄还没有答话，王大槐的儿子王小槐，早就笑着说道："你问他的那头豹子吗？这才缠煞人咧！他每每逢到高兴的时候，就带了这头豹子到山边去，遇见有人走过，就放这豹子下山，他自己却藏在树林中偷瞧着，往往吓得这班行旅之人，一个个丧魂落魄，他却暗地乐得了不得。间或有几个带得武器的，想把这豹子打死，但是这豹子灵活得很，不要说打它不死，就要戳它一刀一枪，也不是容易的事；何况还有一位镖客，在林中替它保着镖，一见势头不对，就要亲自出马，这哪里还会有失风的时候呢？"

朱镇岳听了笑道："原来如此！怪不得他方才下山来如此之快咧。"众人争问，方才是怎么一回事，蒋小雄不等朱镇岳说出，就把方才山下的事，约略说上一说。众人笑道："这回你可遇到了对手了，如果没有雪门师父到来解围，真不知是怎么一个结局呢？"蒋小雄也笑。

朱镇岳便又向蒋小雄，追问那豹子的来历。蒋小雄道："你要问那豹子来历吗？说来话长，你且干上一杯，我就慢慢的讲给你听。"朱镇岳只得干了一杯。

蒋小雄方说道："我生性最是顽皮，在这班小弟兄中，要推我最是好嬉好弄，素喜在山前山后四处乱走的。在这三年之前，有一天的晚上，我背着父母，私下多饮了几杯酒。睡在床上，兀自睡不着，便发一个狠，爬起身来，偷偷开门出去，到外面去走走，想要借着好风，把这酒力吹散咧！这一晚，月色甚是清丽，我一壁玩月，一壁向前走去，酒意不觉醒了一半。不一会儿已走到山后，就在一条青石条上坐下休息。坐了不多久，忽的起了一阵旋风，从山那边吹来，就这旋风里面，蹿来了一头野兽。定睛瞧时，毛色黄褐，似虎而小，背上隐约显着斑纹，好像是一头金钱豹咧！我看了暗想：怪不得人家传说，这山后有金钱豹作着巢穴，以前我因没有亲眼瞧见，心中兀自不信，如今方知传说非虚了，这倒是千载一时之机会，我何不追踪前去，直捣豹穴，把这些豹子生擒活捉几头来玩玩呢？当时一半也仗着酒力，所以想定以后，即挺然起身前往。"

朱镇岳问道："你那时还是赤手空拳而往，还是带有武器呢？"

蒋小雄道："我是睡而复起，出门来散散酒力的，哪里来得及带什么武器，还不是一个光人吗？走不到百余步，果然见有一头豹子坐在石上，好似在那里玩月似的。还未待我走近。早已瞧见了我，即露着很凶恶的神气，立了起来，又'嗥'了一声，张牙舞爪，对我扑来。直见它来势很是凶猛，忙向旁一避，却乘它刚要扑过去的时候，转身伸出手来，抓着它那两条后腿，用尽平生之力，向外这么一撕；它只很惨厉的'嗥'的一声，要掉过身来，施展它那利齿，我却早已把它撕成两爿，连五脏六腑都流在外面了。

"我放下了这死豹，正在私自称幸，忽又有一头野兽，不知从什么地方蹿了来。等到我方觉察，它已'飕'的一阵风，站在我的背后了。我这时势不能向后顾，向前逃避也早失去机会。正处于进退维谷、束手待毙的地位，忽然一个转念，也不管三七二十一，将身一纵，就蹿上了靠近身旁的一棵大树上。向下望时，方见那头野兽乃是一头猛虎，并不是豹子，正恶狠狠的，圆睁着两个眼睛，向树下四处觅人咧！一抬起眼来，恰恰瞧见了我，顿时火赤着两个眼睛，像恨不得要把我，一口吞下去似的。我却暗暗好笑：这时我在树上，你在树下，任你有多大本领，也奈何我不得了。不比方才那么冷不防，掩至我的背后，一个不留神，就要吃你的亏，那倒是思之犹有余慄的。

"这虎怀着一肚皮的怒意，急切间又抓我不着，愤怒得更加厉害，野性不免大发了，只是乱纵乱跳，绕树而走。有时奋力想扑上来，但是这么高的树，哪里扑得上？不过把树枝摇得'呼呼'的响。幸亏树本很是坚固，倒没有被它弄倒。隔了一会儿子，这虎似乎有些倦意了，长啸了一声，在树下坐了下来。我暗想：俗语说得好，'千年难遇虎瞌睡'，如今这虎席地而坐，不是和打瞌睡不过相差一间吗？不于此时收拾了它，更待何时呢？

"主意想定，就飞鸟似的，从树上飞了下来，恰恰骑在那虎的身上，尽力把它向地下撳着，不使它动弹得分毫。一面握着拳头，像雨点一般的，向它满头满脑拼命的挥打着。这时这头猛虎，驯服得和家猫一般，一点能耐都施展不出了，被我打得急时，只是'呜呜'的吼叫，含着悲鸣的意味，并无一点雄武的气概。不到多久，眼中、鼻中、口中都打得鲜血直拥出来，沁沁然淌个不住。我见了这种情形，哪里还敢怠慢？更用足了力，向它浑身挥打。直打得那虎一息奄奄、万无生望了，方始罢手。跨下虎背，正思休息片刻，谁知'飕'的一阵风，又蹿来一头野兽，伸出两个爪子，要把我的肩背搭住了……"

朱镇岳笑道："这头野兽倒也妙得很，大概是替那虎报仇来的，所以方才你把虎背跨住，它如今也要把你的肩背搭住，想如法炮制一下。后来又怎么样呢？"

　　蒋小雄也笑道："如果始终被它搭住，那就不死在它手，也必受了重伤，成了残废，今日还能好好的在这里，和诸位谈话吗？我的听觉和触觉，都是十分敏锐的，飕飕的风声未歇，我早已知道又来了一头野兽。等得它的两个爪子，刚要搭上来，我已觉得很明白，这哪里还用思量，又哪里好让它搭住呢？便使足力气的，把它向外一摔。这时它的两爪刚近搭牢，还没搭牢，自然受不住这种力量，早已'轰'的一声，老远的摔开去了。接着又听它很悲惨的噑了几声，好像是豹子叫的声音。我这才缓了一口气，回过头去瞧瞧，却不见有什么豹子在地上。用尽目力，四处看了一会儿，方看见一二丈外，一棵大树的桠枝上，挂着了一件东西，这不是一头豹子是什么呢？

　　"照情形看去，大概我摔的时候，势力用得太猛了一些，所以把那豹子摔得很高，又摔得很远。等得落下来时，刚刚触在那很尖很锐的桠枝上，就穿肠贯腹而过，生生的把这豹子送了命。刚才的几声惨叫，正是它临命时的哀音呢。我忖度到这层道理，一壁也就缓缓的，向这树走了过去。到得跟前一看，这豹子果然已穿肠贯腹而死了，树下拥着一大堆血，这死豹身上，却兀自腥血淋漓，淌个不住。我看了暗想：这一回事，真巧得很，也真侥幸得很。好凶猛的一头豹子，竟一点不费力的，这样的把它结果了。否则我打死了一头豹子、一头猛虎之后，气力早已有点不济，再来和这头豹子周旋，正觉有点为难呢。

　　"随坐下休息了一会儿。气力渐渐回复。气力刚一回复，却又发生一种妙想了，你道是一种怎样妙想呢？原来我忽想到，先前那头豹子和后来那头豹子，一定是一对配偶，既成了配偶，一定有小豹生下来的。我如今即把雌雄两豹都已打死，没有捉到活的，何不再到它的豹穴中去寻寻，或者有什么小豹留下，我就把它捉回家去，豢养起来。如此岂不遂了我所以打豹的初衷，并且不也是件很有趣味的事情吗？至于豹穴的所在，大概就在先前那头豹子，坐着玩月的地方左右一带，这个推测大概是不会错的吧。

"主意打定，就很高兴的走了去。不上一会儿，果然被我找着了豹穴，隐隐有乳豹嗥叫的声音，从穴中传了出来。不过照外表看去，这豹穴很是深邃，又在夜中，一时却没有这胆量敢进去。我想了一想，便在穴外学着豹嗥的声音，想把这几头乳豹诱了出来。果不其然，不费许多功夫，就有两头乳豹蹿出穴来了。再要大的豹子、再要猛的豹子，我都能活活的把它打死，这么两头乳豹，要费我什么手脚呢？自然就把它们乖乖的擒住，解下腰带，一齐缚住，牵回家来了。第二天，又把这死豹死虎拖了回来，食肉寝皮，说不出的一种快活，这一晚的成绩总算不坏啊。"

朱镇岳把拇指翘翘道："真可以！小说书上所说的武松打虎，恐怕也不过如此吧。但是你说当时曾带回了两头乳豹，如今为何只剩了一头呢？"蒋小雄道："一头带回来不久，就患病死了，不然这两头豹倒是雌雄配成的，将来生生不息，还可造成一个豹苑呢。"

景无畏道："听了小雄兄打虎打豹这两桩事，令人精神勃长。我倒又想起镇岳兄，撕死淫猴一件事来，两下比起来，倒真不相上下呢。"众人听了，忙追问是怎么一桩事。朱镇岳忙道："这算得什么，何必讲呢？"景无畏要不讲时，却经不住众人逼着他，只得把这事约略讲了出来。众人听完，啧啧向朱镇岳夸赞。

谁知正在这个当儿，忽听有人在窗外冷笑了一声，接着又尖声说道："看不出你们都有这么大的本领，我偏不信，倒要请教请教呢。"众人闻言，不觉一齐愕了起来。

欲知说这话的是什么人，且俟下回再写。

忆凤楼主评曰：

小说上写打虎事者，见不一见。即《水浒》一书，有武松之打虎，有李逵之打虎，而写法各不相犯。今著者之写打虎，则又别具风格，不犯前人一笔，此其所以难能可贵矣。

倏来两豹，又来一虎，弥极波谲云诡之致；而蒋小雄竟能对付裕如，不露惊惶之色。质言之，此非蒋小雄之故示镇静，实著者之好整以暇，此其才又宁可及乎？而死两豹、殪一虎，写法不同，身手各异，尤令人观之眉飞色舞矣。

蒋小雄欲生擒乳豹以归，与朱镇岳之欲生擒马猴以归者，其心理适相同，惟一成一不成，此其不同之点耳。

末尾一结，奇峰陡起，知下面又有绝热闹之文章，读者精神为之一振。

第十九回

黑夜行窃暗显神通　白日搜脏大开谈判

话说一众小弟兄正说得高兴，忽有人在窗外冷笑了一声，并说了几句杀风景的话，众人倒不觉一齐愕了起来。王小槐最是躁急不过的，便立起身来，赶出厅去，众人也一齐跟了出去。连雪门和尚一席上，也有几个人立了起来。

谁知到得厅外一看，静悄悄的，并无半个人影。刚才冷笑着说话的那个人，早已不知去向了。在厅外回廊内四下一找，也没有发现什么，只得回到厅内，重行入席。王小槐道："照我看来，喜欢干这种事情的，定只有他，再没有别个人。"他正很高兴的说到这里，蒋小雄忙向他丢了一个眼色，王小槐自知失言，也就不说下去。朱镇岳虽然有些瞧见，却不好动问，只得闷在心头。

隔了一会儿，席也散了，蒋立雄便又很殷勤的，引他们师徒三众，到一间精美的卧室中，说道："蜗居很是仄小，就奉屈三位在这陋室中，住几天吧。"雪门和尚笑道："这么金碧辉煌的屋子，简直可当天宫之称，怎反谦作陋室？老实说，老衲住到这种地方，出世以来还是第一次呢！"蒋立雄又闲谈了几句，即告便出房而去。

朱镇岳等二人睡后，又在室中各处照看了一番，方始睡下。景无畏见了笑道："你也太小心了，我们如今是住在蒋伯父家中，并不是住在别的地方，难道还怕有什么意外的危险发生吗？"朱镇岳道："你这话固说得是，但是不知为了什么，我今晚心中很是不安，总觉得要发生点什么意外事情呢！"雪门和尚道："你存下这种戒备之心，倒也不是无因。大概为着刚才坐席的时候，有人听了你们的谈话，在窗外冷笑吧！但照我看来，这事就扩大起来，也不过是一种游戏的举动，决不会有什么危险发生的。你尽可安心睡觉吧。"朱镇岳见师父既这么说，也就安心睡下。

到得半夜时分，朦胧中，忽听得有人在室中走动的声音，这种声音很轻很细，含有鼠窃的意味。朱镇岳虽是睡着，心中却时时刻刻戒备着，生怕有什么人黑夜偷入他的室中。一听得这种声音，怎会不立刻警觉呢？即悄悄坐了起来，侧耳细细一听，想要听准了方向，偷偷掩了过去，把那人捉住的。谁知道那人的官觉，也真灵敏，朱镇岳在床上坐起来的时候，声音虽是很轻，却早已被他听得了。就听他在黑暗中"扑哧"一笑道："总算是你有本领的，不等我来动手，你先已警醒了。我可没有这么呆，肯呆守在这里等你来捉，却要先走一步了。你们如果少却什么东西，尽管向我来取吧。"说完，就寂无声息，大概是已走了。

朱镇岳知道这人很有本领，黑夜中追去，不见得能追得着，并且不见得能占上风。但是少年人生性好强，听了这一番话，哪里能按捺得住呢？所以连忙从床上跳了下来。这时室中灯火已灭，仅窗外微微有些月光，却照见一扇窗棂已经洞开了。知道那人是从这里出入的，也就不管三七二十一，一个箭步蹿出窗外。只见深院沉沉，悄无声息，那人早已不知去向了。

朱镇岳心还未死，又跳出院墙外去望望，也是杳无所见。比及废然回到室中时，雪门和尚及景无畏都已起来了，已把灯火点得亮亮的，争着问到底是怎么一回事。又问："你出去瞧见了些什么？"朱镇岳心神倒还镇定，要言不烦的说道："刚才果真有人到室中来了，我在睡梦中被他惊醒，正想悄悄的起来捉住他，谁知他也真灵敏，竟会觉察得我的用意，不等我去捉他；他早已很快的逃走了。不过曾留下几句话，说我们如果失去了什么东西，尽可去向他索还呢。真的，我们且检查一下子，到底被他拿去了什么东西啊。"

话刚说完，只见景无畏向床边望了一望，早已"咦"的一声喊了起来道："不好，我的一个包裹，果真被他拿了去了。"雪门和尚道："既已被他拿去，今晚是万万追不回来的了。不如静静儿睡觉，待到明天再想法吧。好在他曾有尽可向他索还，这一句话，这明明表示他的目的，并不在于这个包裹，不过是与我们赌气，要借此作个引子，和我们比比本领罢了；那明天一定可以得到个水落石出的。不然在这半夜三更，尽自闹个不休，闹得大家都惊醒起来，很不成件事体呢！"朱镇岳和景无畏听了，很以这番话为是，也就吹灯熄火，重行睡觉。

到了第二天，见了一班老弟兄和小弟兄，少不得都说起这件事。王小槐就不假思索的说道："昨晚在窗外冷笑的那个人，我本来一口就咬定是他，如今看来更是无疑了。这种事除了他，还有谁肯做，除了他又有谁敢做呢？"朱镇岳忙问："你所说的那个'他'到底是谁？好哥哥，快点告诉我，别再打什么闷葫芦了。"

王小槐方要说出，就有几个小弟兄拦住他说道："小槐哥哥，这种事情不是胡乱说得的，你未得真凭实据以前，还是少说几句为妙，并且他这个人更不是轻易惹得的。如果干这事的并不是他，你竟把他冤屈下，万一被他知道，那时你就要吃不了兜着走呢！"

这话一说，王小槐听了顿露惊惶之色，早把他已在口边的那句话，吓得退了回去。隔了半晌方说道："也罢，我就不说便了。不过我总疑心是他，因为除他之外，再没有别人高兴干这种事。如今我们且到他那边去瞧瞧，如果真的是他，他一定有一种很明白的表示，决不会即此而止呢！"众人齐声道："这句话倒很不错，我们就去瞧瞧吧。"即挽了朱镇岳、景无畏，一同出门走去。

约莫行了一里路光景，只见前面露着一簇房屋，望去很是齐整。王小槐笑着说道："到了，到了，不消一刻这事就有分晓了。"边说边向前面行去。还未走到那屋子之前，忽听蒋小雄喊了起来道："咦，这墙内树上挂的是什么？你们大家请瞧。"喊声方止，又见景无畏涨红着一张脸，也跟着喊起来道："这树上挂的不是我的一件袍子么？这人也太恶作剧了！"

众人抬头一望，果见很高的树梢上，挂着一件簇新的长袍。这棵树虽在墙内，因为树身很高，所以在墙外也可远远望见的，王小槐就很得意的说道："你们瞧，我的猜测如何？我本说除了他外，没有别人肯干这种事情呢。如今好了，现现成成的赃赃在这里了，我们进去向他说话，还怕他抵赖不成吗？"

蒋小雄笑道："你这人也真呆！倒说怕他抵赖，他如果要抵赖的，怎肯把这袍子堂而皇之的挂在树上？肯把袍子堂而皇之的挂在树上，这不是明明含有挑战之意吗？说不定，他如今正在等着我们去，还怪我们去得太迟呢。"

朱镇岳点点头道："这话说得不错。那么谁去他那里走一趟呢？"景无畏也苦着脸说道："诸位哥哥，真的请哪位劳神一下，替兄弟去走一趟吧，老是听他把这件袍子，挂在树上，教人见了很是没趣的；并且他到底是个什么人，为何这般无赖？"王小槐道："你问他是什么人么？他本是这山上最最无赖的一个人，姓名且不必说，停一会儿子，你大概就可知道的。至于这件事，还是交给我吧。料想这种撞木钟的事，除了我外，别人也万万不肯担任的。你要知道和他去交涉什么事，很有几分困难啊。"说完，向众人点点头，向两扇黑漆的大门内进去了。

众人便在外面徘徊着，好一会儿子，方见他笑嘻嘻的从门内走出来道："好了，好了，总算没有辱命，已把交涉办妥，带得条件回来了。"朱镇岳、景无畏一齐惊诧着说道："怎么说，还有条件吗？"王小槐笑道："他这般强项的人，你道没有条件就可使他就范的吗？老实说，他肯有下这种条件，还不知费了我多少唇舌呢！我最初见了他，提起此事，他就板着面孔说道：'不错，这事是我干的。你不瞧瞧我所得的一件战利品，不是还挂在外面树上吗？不过要我归还这种东西，那是万万办不到的。因为那姓朱的，照他同伴的说起来，一只很凶猛的猕猴，他空手可以把来撕作两片，这不是很

111

有本领吗？既然很有本领，怎连小小一个包裹都看守不住，听人把它盗去？既被人盗去了，就该想法把它盗还，怎可明明白白的向人索取呢？我如果也轻易给还了他，这不是反丢了他的面子吗？所以我说，是万万办不到的。'我听了，忙又向他百端说情，他才又说道：'你既是如此说，也罢，我就给他一个条件吧。他既是很有本领的，不妨请他和我比一下子武，如果能赢得动我手中的双刀，我就将所取各物一一奉还；否则，这些东西都算是我的战利品，当然由我支配，不容他出一言半语。'我得了这个条件，知道没有别话可讲，也就应承下，走了出来。镇岳兄，不知你意下如何，也愿和他比一下吗？"

朱镇岳听了，沉吟一下道："论理，我们在外面走走的人，不该和人家比较什么本领的高下，不过如今实逼处此，也只得和他比一比了。请你去对他说，他既然如此高兴，有什么本领尽管请他使出来，我敢不奉陪他走这么一趟两趟，横竖我的宝剑早已随身带来了。"众人道："既然如此，请进去坐吧，你不知道，这就是李无霸、李叔父的宅子呢。"边说边拥着朱镇岳、景无畏二人，走了进去，在大厅中坐下。王小槐一跳一跳的，自向里面走去了。

一会儿，只听一阵很急的足步声，夹着细碎的步履声，向厅上走来。又听王小槐边走边带着笑说道："比武的来了，你们大家先见一见礼吧。"说时，人已到了厅上。朱镇岳忙抬眼看时，不觉顿时呆了起来，原来同着王小槐一起走来的，乃是二十不足、十八有余一个袅袅婷婷、齐齐整整的女孩儿呢！暗想："这倒奇了，难道昨晚偷偷到我房中来盗取东西的，今天口口声声要和我比武的，就是她吗？如果是的，那可有些尴尬，我不是已允许和她比武吗？我一个少年人，怎好和一个陌陌生生的女孩子，比什么武？如果给人传了开去，那不成了大笑话吗？"

正在十分为难，又听王小槐笑着说道："人家来了，怎的你倒又呆了起来？停一会儿还要大家比武呢。唉！这也都怪我不好，没有早向你介绍过，这就是李叔父的掌珠秀英姊姊，并不是什么外人啊。"这话一说，朱镇岳更弄得十分局促不安，很勉强的行了一个礼，再一偷眼瞧看，李秀英也在一壁答礼，却也羞红上颊，娇滴滴越显红白了。

欲知究竟比武与否，比武时是怎样的情形，且俟下回再写。

忆凤楼主评曰：

　　本回写李秀英，纯用欲擒故纵之法，当其在窗外冷笑时，王小槐即已知其为谁，何乃欲说而未说；及至行窃之后，更已料定其为谁何，乃仍欲说而未说，直至图穷而匕首见，李秀英出厅比武，始知来者为一袅袅婷婷、齐齐整整之妙龄女郎。当此之时，固不特朱镇岳为之目瞪口哆，即一般读者亦必啧啧称奇，咄咄呼怪矣。

　　景无畏之长袍，李秀英之战利品也。高悬树梢，用以骄敌，其得意盖可知；然而何堪入景无畏之目，试为设身一思尔，时景无畏之怅怏又何如耶？

第二十回

沁沁臂血弱女怀惭　赫赫军容老儿报怨

话说朱镇岳和李秀英见过了礼，又问起伯父在家没有。李秀英回说："今天一早，同着几个朋友到对山打猎去了。"说完，便都默然没有话说。

王小槐笑道："此来是为比武的事，本不必叙什么家常，你们如要比赛一下的，就请快些上场吧。"这话一说，朱镇岳和李秀英，都有些不好意思起来，一时没有什么表示。

蒋小雄道："如此看来，你们是不愿比武的了！也好，本来大家是自家人，还要较量什么？"谁知李秀英一听这话，就把眼睛鼓得圆圆的，瞪了蒋小雄一个白眼。蒋小雄才知自己失言，忙又道："这是你们两下的事，我旁边人的话算不得数。秀英姊姊，我知道你素性是不肯示弱于人的，这一回定要显显本领，让我唤人去把你常用的宝刀取来吧。"不一会儿，宝刀取至，精光耀眼，果然是两柄好刀。

王小槐道："庭前这片空地很是宽大，倒是天然一个比武场，我看就到那边比一下子吧。"大家齐声说好，就簇拥着一同到了那边。李秀英这时已把外衣卸去，露出了一件粉红色的紧身，颇觉娇艳动人。朱镇岳没奈何，也只得卸去了外衣，立在庭的那一端，和李秀英遥遥相向，各把步位守定。蒋小雄道："如今我要发表一番说话了，你们这一次的比武，不过彼此要见个高下，并没有什么深仇宿恨；所以比起武来，也只可略见大意，万不可穷凶极恶，演出什么流血的惨剧来。我现在斗胆替你们定下一个条例，凡是遇到了万分危险的时候，我喊一声叫你们住，你们不论如何，双方须得立刻停手。如有哪一方不遵守这个条例的，就算是哪一方输了。至于比赛的结果，到底是谁胜谁负，我们大家自有公评。正不必流血折胆，哪一方败到若何的程度，方可算数咧！这一番说话，不知你们二位也赞成吗？"二人听了，想了一想，都齐声说好。于是就动起手来了。

朱镇岳的宝剑出自名师传授，果然名下无虚；李秀英的双刀却也自不恶，曾下过一番苦功夫的，所以两下打在一起，但见剑挡刀，剑气如虹；刀架剑，刀光如雪，一时竟分不出什么胜负来。

打到数十回合后，李秀英见还是不能取胜，心内不免有些着急，便觑一个空，举起双刀狠命的向朱镇岳砍来。朱镇岳不慌不忙的把剑挡过，在收回剑来的时候，剑锋轻轻在李秀英肩上一拂。秀英并没觉得，蒋小雄却早已喊起来道："如今胜负已定，你们可不必比了。"朱镇岳也停剑笑道："姊姊的本领果是不凡，算我输了吧。"李秀英住了手，真以为自己是胜了，口中虽没有说什么，面上满露得意之色。

回到厅中，拿了卸下的外衣，向众人说一声少陪，翩翩的走到里面去了。到了自己卧室之中，也不把外衣穿上，便在梳妆台前坐了下来。一壁对镜理妆，一壁心中暗暗在那里得意："姓朱的这么一个自负的人物，如今也败在我手中了，不知他回去以后要怎样的惭愧，怎样的懊丧呢？我方才末了的这一下刀法，委实不错，不是他们在旁喝着，怕不要教那姓朱的受了重伤而去吗？"

正在这个当儿，忽听她贴身的丫环春燕，"咦"的一声喊起来道："姑娘，怎么你的衣上靠着左面肩胛的地方，裂了这么大的一条口呢？"李秀英这才吃了一惊，忙低目向肩上一看，果见靠着左肩的衣上裂了一条大口，用手抚时更使她大大吃惊。原来不但衣上裂了一道口，玉肩上也小小的见了一条划痕，鲜血正沁沁而出呢。这才想到朱镇岳末了，非但挡过自己的双刀，还在自己肩上轻轻拂了一下。幸亏他十分留情，没有下什么辣手，不然万一弄得不好，这左面的连肩带臂，恐怕已不是我所有的了。我方才还疑心他们所以在旁喝住，乃是为他不能挡过我双刀起见，这真是大错了。想到这里不觉又断又愧，又羞又恨，两行珠泪也跟着扑簌簌落了下来。

　　隔了一会儿，方把春燕唤了过来道："你去到厅上，瞧瞧他们那班人走了没有；如果没有走，你可对他们说，我们姑娘知道自己是输了，所有昨晚拿来的东西，准在今晚仍由我们姑娘亲自送还咧！"春燕应了一声走出厅去，只见一班人还坐在那里，像谈得很起劲似的。等到春燕走出，方把谈锋略止。春燕便把秀英的话照样说了一遍，众人答说："知道了，你去对姑娘说，这些事本来闹着玩玩的，请她不必放在心上吧。"说完也就一齐走出，各自分道回去了。

　　这天晚上，雪门和尚、景无畏都睡了，朱镇岳还坐在窗前，兀自不肯睡，想要瞧瞧李秀英究竟用什么方法，把这包裹送了来。难不成可以把这包裹，从窗眼里送了进来的？到了三更过后，忽然从窗棂中吹来一阵微风，把桌上放的那盏灯吹得灯光摇摇不定，跟着暗沉沉的，似乎就要熄灭的样子。朱镇岳见了，心内也有些疑惑，但是急切间想不出什么对付的方法。要到窗跟前去望望，又因室中黑洞洞的，恐怕被人所算，还是按兵不动为妙。二三分钟后，风止了，灯光也不摇动了，可是举眼一看，突然发现了一件骇异的事情。原来昨晚被盗去的那个包裹，已赫然放在他的面前了。

　　朱镇岳心想："这李秀英的本领倒真不错，能在我面前闹这玩意儿，并且在这二三分钟内能把窗棂弄开，能把包裹放入，倒也不是一件容易的事情啊！"想了一会儿也就睡了。第二天对雪门和尚等说知，雪门和尚也很夸赞李秀英的本领不错，不过说，女孩儿家喜欢这样的胡闹，未免太嫌不守本分一点。

　　这一天下午，蒋立雄受了李无霸之托，又来替朱镇岳说亲，说的就是李秀英。朱镇岳允又不好，不允又不好，只得答以禀明父母再行定夺，总算把这件姻事搁下来了。他们师徒三人在天台山上足足玩了好几天，方别了蒋立雄一干人，向九郎山进发。这一次却是在一起赶路，不是由朱镇岳一人独作前驱了，这是雪门和尚的意思，因恐朱镇岳少年任性，一人独行，或者要闹出什么事来，所以觉得还是一起赶路的为妙。晓行夜宿，不止一天。

这一日，看看快要近九郎山了，远远望去，尘沙扬起，人马历乱，像是山下发生了什么非常的事情。雪门和尚便唤朱镇岳道："岳儿，你且瞧瞧那一大班人，在那边山下历乱的走动，到底干些什么？"朱镇岳细细望了一望，答道："照我瞧来，这么人马历乱的走动，恐怕是在那里厮杀吧，再不然就是打猎。不过山下是一片平地，一定没有什么野兽，人为什么要到这里来打猎呢？"

雪门和尚道："决不会是打猎。厮杀之说，倒有些近情，不过细想起来却也觉得奇怪。这个九郎山上，有青面虎杨继志居住着，他的威名谁不知晓，又有谁敢领了人马，来和他厮杀呢？至于一般草寇，尤其是见了他的影子都怕，素不敢到他山下来放肆一点的，更没有这大胆来捋虎须了。也罢！我们且走近前去瞧瞧。"

边说边向前行，将近那一大堆人历乱走动的地点，方立住了足。人声呐喊，蹄声杂遝，哪里不是厮杀呢？立着瞧了一会儿，忽听雪门和尚低低说道："这真怪了，朱砂岭的皇甫延龄和青面兽杨继志，是很要好的朋友，这是我素来知道的，如今为何伤了和气，忽然自相残杀起来呢？"景无畏道："师父已瞧出他们的根苗来了吗？"

雪门和尚悄悄向那边，指了几指，低低说道："坐在白马上的那个胖老头儿，面上有一大块青色记的，就是青面虎杨继志；坐在黄马上的那个干瘪老头儿，颌下有三绺须的，就是皇甫延龄。他们如果不是伤了和气，为什么各自领了人马，在这山下厮杀，这不是很明白的一件事情吗，我怎会瞧不出根苗来呢？"朱镇岳道："既是如此，师父何不上前问明情由，向他们劝解一番？师父和他们二人，不是从前都很有交情的吗？"雪门和尚道："你这话倒提醒了我，说得很是不错！我这番来到这里，恰恰遇到他们发生了失和的事，这好像天教我来替他们调停一下似的。这个调人的责任，怎么还能卸得去呢？凭着我这一点老面子，就去走一遭吧。至于他们肯听不肯听，那是不暇计及的了。"

　　说完这话，就留朱镇岳、景无畏立在那边，嘱咐他们不要走开。自己迈步上前，走到厮杀所在的切近处，就把手儿乱挥着，高声喊道："继志兄，延龄兄，你们且停一下儿再厮杀。我是雪门和尚，和你们两方都有点儿交情，特地来替你们说和的。"杨继志和皇甫延龄当雪门和尚迈步来前的时候，早已瞧见了。不过因为相别多年，却已不相认识，暗地却都在那里称奇：我们正在厮杀得高兴，这个老和尚为何冒险来前？难道是他们一方的人，前来帮助他们的吗？及至雪门和尚自己把名报出，又把来此的宗旨说明，方各恍然大悟，果然依照他的说话，各把自己的部下唤住，分驻两起，暂时停止厮杀。两人也走下马来，在道旁拱手立候。雪门和尚即走上前去，向他们两下见礼。

　　寒暄了一会儿，雪门和尚即含笑问道："我知道你们都是很要好的朋友，如今到底为了何事彼此失和，竟至调兵遣将，两下厮杀起来呢？"皇甫延龄一听这话，不等杨继志先开口，就愤然作色说道："你问我们为什么会失和吗？这个你可问他，至于要我和他讲和，重行言归于好，那是万万做不到的。雪大哥，请你见机一点，不必管我们这些事吧。如今总算瞧在你的分上，暂行休兵一天，我可要去了。我的行寨，就扎在山下杨家谷相近的地方，你如肯枉顾，那是再好没有，我在寨中恭候呢！"说罢一拱手，即跳上了马，领了自家的人马，管自走了。

　　雪门和尚起初见了他这种傲慢的样子，倒很有些生气，后来想到他素性如此，倒也释然于怀，回头对杨继志笑着说道："想不到二十多年不见，他还是这般的脾气，你们到底为了何事失和，他又这样的愤愤不平，你能替我略略说个明白吗？"杨继志道："这里不是讲话的所在，请到山上再谈。"雪门和尚道："这个也好，容我把两个小徒招了来，我不是一人来的，是和他们同来的呢。"一会儿，把二人招到，向杨继志见了礼。杨继志把二人着实夸赞了几句，即一面挥令自家的人马，各自散归，一面同了他们师徒三众上山。

来到自己家中，在厅中分宾主坐下后，杨继志方叹了一口气说道："这件事说出来很不值一笑，会扩大到这般地步，更是万万想不到的，让我从头至尾和你说上一说。"

要知杨继志说出些什么话来，失和的原因到底是在哪里？且俟下回再写。

忆凤楼主评曰：

李秀英既败北尚未知，犹欣欣然有得色。及见沁沁臂血，始识真相，不期嘤嘤啜泣，活写出一天真烂熳之少女。而著者之惯用曲笔，亦于此窥见一斑。

雪门和尚之至九郎山，原为访旧，不图却以调人奉屈，情节既变幻莫测，而文心之幻亦随之。

第二十一回

酿事变深山行猎　解纷纠宝帐盗刀

话说雪门和尚同了两个徒弟，跟着杨继志，遵依山路，到了他的家中，在厅中分宾主坐下后，便问起此次两下失和，究竟为了什么原因。

杨继志说了一声："一言难尽。"正要往下讲去，忽然后厅转出一个少年来，生得面如冠玉，唇若涂朱，一股英爽之气，更从眉宇间扑出，一望而知是个英俊人物。杨继志便向他唤道："冠儿，快来见见你的雪伯父。"那少年便走到雪门和尚面前，规规矩矩的行了一个礼，回身又和朱镇岳、景无畏见过礼，然后在下首坐下。

雪门和尚笑向杨继志翘翘拇指道："好个魁尖人物，叫什么名字，今年几岁了？"杨继志道："什么魁尖人物！这是你过奖他了。他叫冠玉，今年一十六岁。"说到这里，又长叹一声道，"唉！实对你说吧，我所以和皇甫延龄失和，也都是为了这个孽障呢。"雪门和尚道："到底为些什么事情，快对我讲来，不要拿闷葫芦给人打了。"

杨继志道："好，好！就对你说个明白吧。冠玉这孽障，他是最爱打猎的，常常独个儿或是同了几个人，拿了枪到远近各处去打猎，有时候竟几天不回来，也不算为稀奇。这一次，他同了两个朋友出去打猎，不知不觉到了朱砂岭上。搜寻了半天，并没有什么可打的野兽，心中不免有些愤怒，忽在此时，有一只金砂眼睛、似鹰非鹰的东西飞了来，他们都不认识是什么鸟；

其实是一头金眼雕，停在一棵树上，对着他们，只是叫个不住，并且声音惨厉得很，听去颇不悦耳。

　　"冠玉正在恼怒的当儿，还有什么好心怀呢？听见了这种不悦耳的叫声，也不管三七二十一，拿起枪来，对着那头金眼雕，就是'砰'的一枪。说时迟，那时快，枪弹到处，早已打中那雕的要害。'囊'的一声跌下树来，在地上扑扑的翻了几翻，就不动了。早有冠玉一个同伴，过去拾起来挂在枪杆之上，挑着又向前走。走了一会儿，到了一个所在，见有四五个人在那里踯躅往来，像也是要搜寻什么野兽似的。就中有一个人，偶然抬起头来，一眼看见了他们枪杆上挂的那头金眼雕，就'咦'的一声喊起来道：'这不是我们那头金眼雕吗，怎么被他们打了去呢？'

　　"其余几个人听了这句话，也都睁着眼睛，向枪杆上那头死雕细细望了一望，不约而同的说道：'怎么不是？你不见头项上那个金圈，还仍旧套着，这不是特别一个记号吗？并且在这山上，除了这头之外，没有第二头金眼雕呢，怪不得放了出去，久不见它回来，原来已被这班恶徒打死了。'说完即蜂拥而前，把冠玉等几个人围住，汹汹向他们责问道：'你们是哪里来的野人，胆敢把这金眼雕打死？这是我们主人心爱之物，如今既被你们打死，非由你们其中一人偿命不可！'这就是说，谁开枪把他打死的，就得由谁偿命。

　　"冠玉生成暴躁的脾气，听了这番话，哪里按捺得住？就挺身答道：'我们是打猎的，野鸟野兽被我们打死的，也不知有多少，打死一只野雕算什么？想不到你们这班人，倒来替这头死雕出头。说什么这是你们的雕，又说什么是你们主人心爱之物，完全是一派胡言，又有谁能相信，这真可笑极了。并且就算是你们的雕，如今已被我打死，也就没有法子可想，难道真要我偿命不成？打死一只雕，要人偿命，恐怕没有这种道理吧！'

　　"那些人听了，笑道：'你以为要你偿命这句话，是徒然说说，用来恐吓你的吗？那你就想错了，我们是说得出行得出，一点不肯含糊的。你要知道我们的主人，不是别人，乃是镇山太岁皇甫延龄，他老人家岂是轻易惹得的？你如今伤了他心爱的宝雕，他肯把你轻轻放过吗？'内中又有个人说道：'这些野人，我们何必同他们多讲，上去捉住了他们，送往他老人家处发落就完了。'

"这话一说，那班人齐声道是，即围了上来。但是那班人，哪里是冠玉等的对手？怕不是三拳两脚，就把他们打跑了呢。不过临逃之前，却回身对冠玉等说道：'你们不要逞强，我们立刻就要带了大队人马，来捉你们的，你们如果是不怕死的好汉，可等在这里不要走。'说完，方一溜烟的走了。

"等到他们走后，依着冠玉的意思，很想仍等在那里，和那来的大队人马，拼一下子死命的。倒是同去的两位朋友，很有些儿怕事，说这又何必，如今他们众，我们寡，势力不能相敌。这是在形势上早已瞧得出，无可讳言的，我们又何犯着吃这个眼前亏呢？连劝带说的，硬把冠玉拉着走。所以皇甫延龄带大队人马追来时，他们早已到了山下，骑着来时的马，飞也似的向大路上逃走了。但是当时虽然走脱，内中却有个人是认识冠玉的，就对皇甫延龄说了。皇甫延龄听得，自然更加愤怒，第二天便差了个人到我这里，说明情由，要我交出人来，让他带去，剖腹剜心，好给那金眼雕报仇。

"我和皇甫延龄素来很有交情，听得这件事情，心中很是不安；并怪冠玉不是，在来人跟前，很说了许多抱歉和服罪的话。又请他向皇甫延龄转言，请看昔日交情，不要介介于怀，不过把人交他带去这一层，却有些办不到。因为皇甫延龄的脾气，素知他是很暴躁的，如果把人带去，真的被他把来杀了剐了，这不是当耍的事。而打死了一头金眼雕，一定要把人命来抵偿，到底也不成一句话呢！来人听了我这番话，没有别话可讲，也就回去覆命，在我想来，皇甫延龄所以遣人前来责问，不过乘着一时盛怒之下，不久怒气就可消释的。来人回去把我的话对他一说，他瞧着旧日的交情，想来一定没有什么问题了。谁知他不但没有消释怒气，在这事发生两日之后，他竟领了一大队人，汹汹然前来问罪；并说交出打死金眼雕之人便罢，如若不然，便要屠洗我这全山。你道他横暴不横暴，我如何可以依得？自然也愤怒得了不得，暗想：'他依仗人多，竟敢如此跋扈，我如把庄丁佃户以及同族的人，一齐聚拢了来，人数倒也不见得十分少，很足和他周旋的了。'因此，我们两下就对垒起来了，至今胜负未分呢。雪大哥，这件事的始末情形，如今我总算替你讲上一讲了，请你评判一下，到底曲在哪一方，还是他曲，还是我曲？"

雪云和尚道："这自然是他太横暴一点，太过分一点了。好在我恰恰来到这里，凭着我这点老面子，定要出来一作说客，替你们两家说和，不使这事扩大起来呢。"杨继志道："你肯出来说和，那是好极了，我没有不可以应允的。不过他生成的牛性子，就算你很热心，恐怕不见得能有实效吧。"雪门和尚道："谋事在人，成事在天。那我可管不得这么多了，明天我一定就到他那里说去。"

当夜无话，到了次日，雪门和尚就带了朱镇岳、景无畏二人，前往皇甫延龄行寨中。皇甫延龄见雪门和尚来到，很是欢迎，对于朱镇岳、景无畏二人，也着实有一番夸奖的说话。寒暄既毕，又哈哈大笑的说道："雪大哥，你此番不是来替杨继志，做说客的吗？那你未说之前，我先要告罪一声，并要请你原谅，别事都可从命，此事万无商量的余地呢。"

雪门和尚道："你说我来做说客，那你的话就错了，我于你们两方，都有很深厚的交情，无厚此薄彼之理。我已有好多年不和你们见面了，如今来到这里，恰恰遇见了这桩事，心中觉得颇是不快；所以不管丢脸不丢脸，出来硬替你们说和。事的始末情形，我已听杨继志约略说过，其实也算不得一件什么大事，尽有说和之余地，你又何必如此固执呢？"

皇甫延龄道："这桩事在别人瞧来，或者以为不值一笑的小事，何致大动干戈？然在我这方说来却大极了。我来对你实说吧，我生平所爱的东西，只有两件，一是我身上所佩的这柄宝刀；一就是被那小子打死的这头金眼雕。我把这两件东西，宝爱得如同性命一般。曾在人前宣言过，凭我这点本领，定要把这两件东西紧紧保守着。我在世上一天，这两件东西也存在一天，不使和我分离。但是这两件东西中，这金眼雕是活的，不能终日带在身上，比较的难保护一点。万一这头金眼雕放出去玩耍的时候，被人误伤了，或是打死了，那我定要仗着这口宝刀，替它报仇，并亲自加刃仇人之身，决不肯姑息一点。再万一这口宝刀也被人盗去了，这明明是天意所弃，不要我保有这两件东西，我也就没有话可说了。

"所以照如今说来，如要我收兵回山，不再提报仇一事，除非有什么能人，把我这口宝刀盗去，否则再休提起！但我这口宝刀，是终日佩带在身，晚间又枕之而卧；就有人要盗此刀，纵有天大本领，恐怕也有点儿难办吧！"说着，在刀鞘中拔出那把宝刀来，在手中耀了几耀，重又插入鞘中，接着一阵哈哈大笑。

雪门和尚道："照此说来，我要替你们说和，除非先把你的这口宝刀，盗到手不可了？这种盗刀的玩意儿，倘在少年时候，定要不顾前后干上一干。如今老了，哪里还有这种兴趣呢？罢，罢！我从此再也不向你们提说和二字了，并且我这趟虽说是劳而无功，但是我的一片心总算已尽咧。"说完，就要告辞。

皇甫延龄哪里肯放，硬留他住上一二天，并说在他留居这里的时候，绝按兵不动，不和杨继志去厮杀。雪门和尚情不可却，也只得住下来了。

第二天一个清早，皇甫延龄忽在帐中嚷了起来，说他的宝刀不知在夜中什么时候，被人盗去了。请了雪门和尚来，雪门和尚也没有知道这件事，倒被他弄得莫名其妙。正在这个当儿，却见朱镇岳笑容满面的走了进来，径在皇甫延龄面前跪了下来，头上顶着一件东西，不是那口宝刀是什么呢？说道："请叔父恕侄儿的罪，侄儿一时大胆，在夜中把叔父这口刀盗了来了，如今请叔父收回吧。"

不知皇甫延龄听了这番话，如何回答，后来究竟收兵与否，且俟下回再写。

忆凤楼主评曰：

皇甫延龄军容赫赫，一怒兴师，有气吞河岳之概。人以为其与杨继志，必有不共戴天之仇矣，孰知不然，其起因乃为一金眼雕，此之谓小题大做，然而一发不可收拾矣。

雪门和尚与双方皆有缟纻之雅。调人之责，固义不容辞，亦义不当辞者也。然而一遇固执成性之皇甫延龄，于是乎进退维谷，于是乎难煞调人。

金眼雕与宝刀，纯为二事，顾皇甫延龄必欲并为一谈，大有宁为玉破，毋为瓦全之意，此老性情乖僻乃尔，殊令人望而生畏，不敢与之相周旋。

第二十二回

住黑店行旅惊心　诛强人师徒定计

话说朱镇岳顶刀在首，跪在皇甫延龄面前，说出这番话后，雪门和尚听了，露出一种又惊又喜的神情，皇甫延龄一时也呆了起来。隔了一会儿，才说道："好孩子，真有本领，竟连我的刀，也神不知鬼不觉的，居然盗了去了。如今我除自己心中惭愧，并立刻退兵之外，还有什么话可说呢？事已如此，这刀我就老着脸皮收了，你也请起来吧。"边说边取了刀，又把朱镇岳扶了起来，回头复翘着拇指，对雪门和尚说道："名师门下出高徒，果然话不虚传。他这一点点年纪，已具上这种本领，将来怕不要横行天下吗？"

雪门和尚道："这孩子实在太多事了，你做师叔的，应该责备他几句才是，怎么还可夸奖他哩！并且他干这桩事，竟独断独行的，也不预先禀知我一声，似乎有些不对啊。"

皇甫延龄道："这倒不要怪他，他如果禀知了你，你或阻止他不许干，那时进退两难，岂不乏趣？他想到了这一层，因就不敢预先对你说了，这是少年人一种普通的心理，不足为奇。你我如在少年时代，遇着这桩事情，恐怕也是如此办法吧。"雪门和尚这才没有话说。

皇甫延龄又含笑向朱镇岳道："你能在夜间把我的这口刀盗去，使我一点儿也不觉得，果然是好本领。但当时到底是怎样盗去的，也能把这情形，对我约略说上一说吗？"

　　朱镇岳道："这事一点也不希奇，师叔既要我讲，我就照实讲了吧。我当时听师叔说，除非有人把师叔这口刀盗去，师叔方肯说和退兵；否则无论如何，万无退兵之理。我就很替我师父着急，因为他老人家，这番是抱着一片热忱而来的，满望两家讲和的事一议就可成功。如今这样一来，这件事不是弄僵了吗？并且盗刀这种玩意儿，又不是他老人家所肯干的，不是更加绝望了吗？于是我又想到，倘我能瞒着他老人家，偷偷把这口刀盗了来，师叔既是有言在先，那时一定不能翻悔，这就可把已成的事实，换个局势了。就是他老人家知道了，一定也很欢喜，绝不会怎样责备我的。想到这里，高兴得了不得，就决计实行我这个计划。到了夜深人静的时候，就偷偷掩进这边帐中来了。"

　　皇甫延龄道："这间行帐，防备并不怎样严密，像你这般本领，要掩进帐来，本来并不烦难。不过我自问，昨晚并不怎样沉睡，这口刀又是放在枕下，你怎能神不知鬼不觉的，就把它盗了去，这不是一件奇事吗？"

　　朱镇岳笑道："这倒完全得力于小说了。我在家中的时候，曾看过一部小说，说一个人在夜中，偷进人家屋中，去盗一种宝贝。恰值那家的主人醒来，闻得一点声音，惊问什么人在室中走动，他一时情急智生，就假作鼠子啮物之声，居然被他混了过去，那主人重复睡去了。等得到了床边，要实行下手偷盗，谁知这件宝贝恰恰平压在主人枕下。于是他又心生一计，取了一根篾条，轻轻在主人颊上骚动，主人梦中觉痒，不由自主的，一个翻身向内。他就乘这当儿，轻舒妙手，把这宝贝自枕抽出，盗了去了。我昨晚就照这两个方法行事，不过略加变通，大同小异罢了。所以照事讲来，完全是鸡鸣狗盗的勾当，实在算不得什么呢。"

　　皇甫延龄笑道："怪不得昨晚我在朦胧之中，听得有极细碎走动的声音，和着猫叫之声，原来就是你来到我的帐中吗？那我未免太疏忽一点了。至于梦中搔痒这回事，却一点没有觉得呢。"

　　雪门和尚师徒在那里住了两天，方才重回九郎山。皇甫延龄果然依照约言，领着他纠合的那班人马，自归朱砂岭，从此两家复言归于好了。

雪门和尚到了九郎山，领了两个徒弟，去见了见山上住的一班镖客。又在山上盘桓了好几天，方始辞了杨继志，重行赶路。经过朱砂岭时，雪门和尚一则不欲前去惊扰皇甫延龄，二则岭上除了皇甫延龄之外，别无可访之人，也就悄悄过去，不再上岭。

朝行夜宿，不止一日。这一天，刚从一个山峰下转出，看看天色快要晚了，景无畏露着十分困乏的样子说："师父，我们找个所在歇了吧，我实在有些走不动了。"

雪门和尚笑道："这本来难怪，你一个没有练过功夫的人，要和我们已经练过功夫的人一起赶路，本是一件困难的事情。但我所以如此主张，要教你和我们一起赶路，也是为你起见，好教你习点劳苦，练得一点外功，以作将来练习内功时的预备呢。你瞧前面远远望去，不是有几间屋子吗？我们快点走上前去，就在那边找个所在歇了吧。"说着，大家飞步上前，到得那边一看，是一家客店，门前挂着"悦来客店"四字，专备过路人们歇宿的。

三人一到店门之前，就有伙计把他们接了进去。只见柜台内坐着一个三十多岁的大汉，虽是满面掬着笑容，却暗暗露着几分杀气，大概就是他们的掌柜。到得里面，在东偏房住下，正屋早已住下人了。雪门和尚便问接他们进来的伙计，这里是什么地方？甘沟谷去此有多少路？伙计答道："这里叫孤树村，甘沟谷离此不远，只有三十里了。"说罢自去。当下有别的伙计前来料理茶水，并问要什么点心，什么饭菜充饥。雪门和尚正想说：我们自有干点，不必烦劳你们，那景无畏却早已嚷着肚子饥，并说道："好，好！随便什么点心，你就去拿点来吧。"雪门和尚无奈，只得说道："那么别的不要，你还是拿一盘馒首来吧。"伙计答应了一声，去了不一会儿，拿了一盘热烘烘的馒首进来，说道："这是小店最拿手的点心，诸位爷请尝尝吧。"

景无畏本在很饥的时候，听得了这句话，更是饥火中烧，也就不管三七二十一，抢了一个馒首，拿在手中就吃。朱镇岳却两眼望着雪门和尚，专等他的表示。

　　雪门和尚等那伙计退去之后，一伸手要去夺那景无畏手中的馒首，却早已吃完了。雪门和尚便向景无畏低声埋怨道："你也太性急了，怎么见着馒首，抢在手中就吃？一个人出门在外，比不得自己家中，凡事须要小心在意。在这僻野的地方住宿，更要时时防着那种丧良害理的黑店，不可疏忽一点。这个馒首，万一中间放有蒙汗药，你一旦吃了下去，那还了得，怎么可以不细细考察哩？"

　　这话一说，景无畏登时吓得面如土色。雪门和尚又拿起一个馒首，折成两爿，向鼻边细细嗅了几嗅，说道："这味儿很不正当，定有什么蒙汗药放在里面，不过放得不多，发作较迟罢了。但是不要害怕，我这里带有解药，无论怎样强的药力，都能解得呢。岳儿，这茶水内恐怕也有些儿靠不住，你且拿只杯子，偷偷到他们放水缸的所在，去取些凉水来，好让我调些解药给你师弟吃。这些馒首，也让我藏过一旁，免得他们见了疑心。"

　　朱镇岳听完，应了一声自去。隔了一会儿，偷偷的取了一杯凉水来，又慌慌张张的，低声向雪门和尚说道："师父所料不错，这里果是一家黑店。"雪门和尚也低声问道："你怎么知道，难道已得着了他的凭证吗？"朱镇岳道："我方才走到后院中，恰恰没有一个人在那里，便走到水缸边，取了一杯凉水。却见靠水缸那间屋中，隐约有灯光射出来；便偷偷向内一张，不张犹可，一张却使我惊得什么似的。原来室中四壁，都挂着人腿，张着人皮，还有血淋淋的一颗人头，也挂在那里。如此看来，不是黑店，又是什么呢？"

　　雪门和尚一壁取出解药，和凉水调在一起，调了给景无畏吃，一壁又悄声问道："这正屋住的是些什么人，你也瞧见吗？"

　　朱镇岳道："我方才走过那边的时候，曾经抬眼望了一望，好像是一伙商贾，行李很是沉重。"雪门和尚道："如此说来，这班人今晚很有些儿危险了。我们既然瞧见，应得暗中保护他们一下。如今我们两人，一人守在这里，一人去在正房前暗暗守着。来一个，杀一个，谅想这班脓包，决不是我们的对手，一个也不使他们漏网。"朱镇岳道："此计甚好，师父请就守在这里，正屋那边，由我去就是了。"

到了晚间，店中派人前来行事，果然一个个都被杀死。谁知朱镇岳一个疏忽，竟没把一个贼人杀死，却被他逃了去，登时惊动了他们的掌柜，带了店中其余的人来，但是哪里是朱镇岳的对手？不上一刻工夫，早已伤的伤，死的死，倒得满地皆是。那位杀气满面的掌柜，也胸前受着重伤，倒在地上呻吟，不能起来厮杀了。等到雪门和尚闻得厮杀之声，赶来想助一臂之力，早已风平浪静，无事可为。于是师徒二人，朝地下检视一番，把那受伤未死的，一个个捆了起来，然后唤同景无畏，走向正屋中。

只见那班人都受着蒙药，直挺挺的倒在床上，也有药力发作时，不及上床，就倒在地下的。雪门和尚见了叹道："如今世途险恶，遍地都是荆棘，出门人一个不小心，就要被奸人所害，弄到如此一个结果呢。"说完，唤朱镇岳取了一大碗凉水来，拿出解药调和了，灌给那一班人吃。不多时，吐出了些恶水，一个个都醒了过来。却都糊里糊涂的，不知是怎么一回事，各瞪着一双眼睛，向雪门和尚师徒三人望着。

雪门和尚等他们神志稍清，方把前事约略说了一说，那班人这才恍然大悟，齐向雪门和尚一行人拜谢不迭。雪门和尚又道："我是出家人，出面很是不便。到了明天，还是由你们诸位去报官，好得这里有现成的人肉作场，可以作得证据，官府决不会难为你们诸位呢。"那班人齐声道："长老这话很是，这事应得我们去办，长老尽请放心。"

到了次日，黑店的事，自由那班商贾前去报官，不在话下。雪门和尚一行三人，别了众人，重又赶路。

走不上一天，雪门和尚忽听背后有人大声唤道："雪老头陀，如今可被我撞着了，你再想逃到哪里去？"雪门和尚听了，倒小小吃了一惊。

不知这人是谁，且俟下回再写。

忆凤楼主评曰：

景无畏一见馒首，即夺而塞之口中，一似身自饿乡中来者，活写出一不知世途艰险之少年公子；若朱镇岳则神态较为安详，盖受雪门和尚之熏陶有自矣。

往日之黑店，一般行旅望之生畏，然尚有形而可防者也。若今日之旅馆，春色暗藏，满伏害人之陷阱，一般青年且乐就之之不惶，孰有目之为黑店者？此则其为害，视昔日之黑店为尤烈矣。吁，可哀哉！

第二十三回

寿筵前群雄献艺　华堂上有客传杯

话说雪门和尚，正在途中走着，忽听背后有人高唤"雪老头陀"，并说了"如今可被我撞着了，你再想逃到哪里去？"这些话，不免小吃一惊。连忙回头看时，却是老朋友高源荣，最是一个怠怠鬼，生平最喜向人打趣和爱说笑话的。也就笑着说道："原来是你，倒吓了我一大跳！怎么十多年不见，你还是这种冒失的脾气啊？"边说边立住了足，早见高源荣领了一大班人走到跟前，内中也有认识的，也有不认识的。

一一见过以后，高源荣又问道："你带了两个高徒，不是要到刘黑子、刘大哥那里去吗？"雪门和尚很惊诧的问道："我确是要到他那里去，你怎会知道？"高源荣笑道："这个怎会不知？本月十六是他六十寿诞之期，你和他很有点交情，自然要前去拜寿。我们这班人，也都是去和他老人家拜寿的咧！"雪门和尚道："这倒巧极！不过我此去的原意，却是要带我两个徒儿去见见他，倒没有记得他的寿诞呢。如此说来，我倒又得着一个机会，可和一班旧友见见面了，我们一同走吧。"

等得到了刘家坡，刘黑子对于雪门和尚，自然很是欢迎，那时五湖四海的朋友，已着实来得不少。本来像刘黑子这种交游广阔，结遍天下英雄，遇到他的六旬寿诞，哪一个不要来和他庆祝一番呢？到了十四、十五两日，宾客更是来得多了。朱镇岳、景无畏二人初出茅庐，竟得乘此机会，和天下英雄相聚一堂，心中自然高兴得了不得。雪门和尚和这个叙叙离踪，和那个谈谈别况，也觉得忙极了。

转瞬十六诞日已到，挂灯结彩，热闹非凡。又邀了几班戏班来，在院中搭着高台，轮流搬演。那只广大无比的大厅中，摆着几十桌的酒席，一点也不觉挤，还绰绰有余地。正中一席中央的一个座位上，就是请寿翁刘黑子坐着，刘黑子起初再三不肯，经不起众人你拉我挽，定要他坐，也只得勉强坐了，于是众人又争着来敬酒。饶你刘黑子怎样量宏，也吃得有点酩酊了。

一会儿，又有人提议，今天前来拜寿的都是当世英豪，至少具有一种绝艺，须得各把这种绝艺奏献出来，算是替刘黑子上寿，也不枉了这个盛会。这时大家都已有了几分醉意，一听这话，自然欣然赞成。

即有一个五短身材，五十多岁的汉子出来说道："我只会一点小玩意儿，算不得什么绝艺，就让我先来献丑吧。"随教人取了许多烧得红绝热的炭结，平铺在地上，他就脱去鞋袜，打着赤足，在这上面往来行走，直至炭结烧完，方始停止。看他足底时，也不发红，也不起泡，不过微微沾着点儿炭灰罢了。大家齐声赞道："好本领，不愧'铁足张三'这个名称！"朱镇岳、景无畏二人，这才知此人就是江湖上著名的铁足张三。

跟着又有一个留着几根黑髭须的小胖子，出来说道："张三哥的本领果是了得！我也要练一种，和他大同小异的玩意儿，给诸位瞧瞧。不过没有练得他这样好就是了。"大众看此人时，乃是"小太保"李锦棠，就齐声说道："李二哥的轻身术，乃是山陕一带素来有名的。今天肯练些出来给我们开开眼，真是千载难逢的机会，这都沾着刘大哥的光啊！"李锦棠听了这种言语，只是微微一笑，便教人取了几石面粉来，平铺在地上，他又取了一双钉鞋穿着，就在上面很从容的走去。脚过处，非但没有脚印，连鞋底钉子的印子也不留。一连往来走了几次，都是如此，始终不留下一点痕迹。大众不期又欢呼起来，称赞他的本领真是了得。

朱镇岳悄悄向景无畏说道："在面粉上走去，一点不留痕迹，这还不算希奇。大概凡是会轻身术的，都能做得到。所奇的，他这么很胖的身躯，竟能练成这么一身出众惊人的轻身术，那倒很不容易咧！"景无畏点头称是。

李锦棠练过之后，又有两个人出来，一个人练了一套三截棍，一个人走了一趟单刀，也都了当非凡。在这大众夸赞的时候，忽见高源荣，一跳跳的走了出来道："你们都把本领显过了，让我也来一套马猴跳。"大众一听"马猴跳"这三个字，登时哄堂大笑。高源荣倒板着脸儿说道："你们不要笑，这'马猴跳'是我新发明的一种本领，也可算是我的一身绝艺呢。"说完，就很不规则的，在地上乱纵乱跳起来，引得大众更是哈哈大笑，并齐说"好个马猴跳！"高源荣道："你们不要性急，这不过是开始的几手，好的还在后头呢。"说完此话，把身子向上一耸，就不见了。

大众抬头望时，这么大的厅堂，一时哪里寻得见？都笑道："好奇怪，马猴到底跳到哪里去了？"却见高源荣在一根横梁中伸出头来道："我在这里，你们瞧不见我吗？"大众忙注目瞧时，可是身子一晃，又不见了，却又在对面一根横梁中说起话来道："我早已到了这里，你们还望着那面则甚？"

他如此的跳来跳去，疾如猿猴一般，倒累大众望得颈项都酸了。有几个望得不耐烦的，就高声喊道："你的马猴跳的本领，我们已经拜服了，不要这般乱跳了，快下来吧！"只听高源荣答道："你们唤我下来，我就下来便了。"话声未完，早见他已直挺挺的，立在众人面前，正不知何时跳了下来呢。于是欢呼之声又大起，争把他来夸赞，但他早已溜到自己原席中去了。

接着又有许多人，出来练家生，差不多把各种兵器都练遍了，真是极一时之盛。忽又有个圆圆脸儿、胖胖身材的汉子出来说道："你们把各种兵器，总算都练过了，弓箭却还没有人练过，让我来试试吧。"大众向他看时，却是"神箭手"薛光明。齐道："讲到弓箭总要让你薛大哥，别人哪敢班门弄斧呢？如今我们得开眼界，真是三生有幸，到底你要练哪一种啊？"薛光明道："我要射空中飞鸟。"说着，取了一张雕弓来，引弓在手，静向天空中望着。这时恰有一双白燕比翼飞来。光明瞧见，更不怠慢，即扯弓发箭，但听得"飕"的一声响，早一箭贯双燕，一齐射了下来了。众人由不得一齐叫好，并道："不愧是神箭手！"

此时，却由众人中，走出来一个瘦长身材的汉子道："神箭手的本领果是不弱，我也想来一个玩意儿陪伴陪伴他。"众人道："王五哥，你来什么玩意儿？想来一定是很高明的。"王五道："方才神箭手用箭射下空中飞鸟，如今我换一个花样，要用空手抓下空中飞鸟来。不过我要声明一下，我并非存心要和他比较什么高下，而且我这个玩意儿，也不见得一定高于他，只因他这个玩意儿很是神妙，我看了很是高兴，所以我也跟着来一个罢了。"

众人道："这番意思我们早已知道，你可不必声明，薛大哥也是明白人，决不会误会呢。如今瞧你的吧。"王五便向空中一望，恰恰又有一双燕子飞来，便不慌不忙的，用手向空中一抓。只见这双白燕即向他手中，翩然堕了下来。众人见了，自然一齐叫好，连那神箭手薛光明，也把头点个不住，禁不住喃喃的说道："这玩意儿真好，比我那个高明多了。"王五一壁谦谢着，一壁又说道："这还不算数，我还要把这双白燕平放在掌中，教他飞去不得哩。"说着，即把掌子展开，只见这双白燕屡次要作势飞起，却似有什么东西，吸住了它一般，终究飞不起来。众人诧道："这双白燕莫非已受了伤，所以飞不起来吗？"王五笑道："它们一点没有受伤，不过我不让它们飞起罢了。如果我肯放了它们，它们立刻就可飞去的，你们瞧吧。"说时，对着这双白燕说了一声"去吧"，那双白燕好似遇赦一般，就立刻很自由的重又飞入碧空中去了。

众人见了，莫不啧啧称怪。此后又有许多人出来献艺，一时也不及细述。献艺已毕，重又入席，这一席酒足足吃到晚间十一点钟，方才尽饮而散。

朱镇岳初时，以为自己的本领了不得，暗暗颇存下一种自大之心。及见了此番的献艺，知道天下能人正多，自己这点本领实是算不得什么。从此颇存警惕之心，和从前大不相同了。

刘黑子寿诞之后，接连又闹了两天，一众英豪方始陆续散去。雪门和尚同了朱镇岳、景无畏便也向刘黑子告辞，刘黑子坚留不获。

石门山、苏家河两处，本来是想去走一趟的，只因这两处的英豪，已在刘黑子寿筵上统统见过，也就中止不去，决定取道鬼门关，回归报恩寺。

晓行夜宿，在路不止一天。

这日雪门和尚向前面一望，朝着他两个徒弟道："鬼门关快到了，这是个不祥的所在，你们千万要留意啊！"

不知到了鬼门关，曾否遇见什么奇事，且俟下回再写。

忆凤楼主评曰：

寿筵宏开，群英各献绝艺，诚为一时盛事。朱镇岳、景无畏何幸竟得参与其间，吾殊羡其眼福不浅矣。

高源荣之"马猴跳"，名目既新颖又奇怪，人初闻之，必以其为开玩笑之举耳。孰知确有惊人之本领献出，于是乎高源荣之名，乃与"马猴跳"三字轰然而俱传。

第二十四回

人驱驴驴作人言　咒伏虎虎知咒语

话说雪门和尚带同朱镇岳、景无畏一齐赶路，走了好多日，方到了鬼门关境界，这时夕阳西下，暮色苍茫，望见前面绵绵亘亘，都是高山峻岭。

朱镇岳道："我们要赶过这许多山头，倒很费事。"雪门和尚道："赶山头还在其次，过了这许多山头，就到鬼门关，那里峭壁巉岩，飞鸟绝迹，'鬼门关'三字真是名副其实。那时我们还得想法过去呢。"景无畏道："我们不如在这里歇息一下，然后就道罢，饿了肚子赶路未免太不上算。"雪门和尚、朱镇岳二人，被他一提，觉得肚子果然饿了，但是四面张望一下，竟没有歇足的地方。

景无畏走上一个高坡望了一望，喊道："有了，有了！在这丛林之中，好像有一所人家，我们可以进去坐坐。"说完，便引导二人穿过丛林。谁知到得切近，抬头看时，却是一所破败庙宇，匾额上隐隐见"无量寺"三个字。走进门时，只见佛像东倒西卧，残缺不全，幸而地上放的八个蒲团，却还整洁。于是三人各据一个，拿出干粮大嚼一顿。

雪门和尚道："这里不便多行耽搁，我们还是趁着暮色，赶过前面山岭，然后再作办法。所怕的是，天快要黑下来，万一来不及赶过鬼门关，要在这深山中过夜，倒是一件为难的事情呢。"景无畏忽然拍手大笑道："好，好，巧极了！如今我们不用焦劳，代步的东西现现成成的有了。有了这个东西，还怕赶不到鬼门关吗？"说着用手向后院一指，于是雪门和尚、朱镇岳都抬头向后院中看去。只见蔓草之中，站立了三匹驴子，伸长了它们的瘦颈，正在那里咀嚼残草。三人见了都很欢喜，立刻立起身来，一人捉住一只跨上背去，加鞭向庙外赶去。

但是这三匹驴子，都露着疲惫不堪的样子，一走一颠，气吁不已。走了好多时，还没有走多远路。雪门和尚道："这就糟了，骑驴还不如步行的快，这如何是好？"朱镇岳这时恨极了，使起了性子，把驴子痛痛的抽了数下。说也奇怪，那驴子受了几鞭，果然向前驰去。但是不上一会儿，又迟缓下来了，好容易到了山脚下，三匹驴子一齐昂着头颈，向山上瞪目望着，好似惊异的样子，却抵死也不肯走上一步。

朱镇岳道："好奇怪！难道山上出有什么妖怪，所以驴子不敢上去吗？"雪门和尚向山上，细细的视察了一回，说道："这山上一派清朗之气，照我看来，定不会有什么妖怪。"景无畏道："这是驴子可恶，欺我们是生人，不肯听命罢了。"说着，也把自己骑的驴子痛痛鞭策起来。那驴子负着痛，果然拼命向山上爬去。还没有爬上四五级石级，已经力竭气尽，一个翻身跌倒下来。景无畏便从驴背跌下，虽没有怎样受伤，却一时气愤极了，跳起身来，狠狠的把驴子打了一顿。谁知那驴子忽然怒视着他，口作人言疾声喊道："难道你要打死我吗？"这时，雪门和尚和朱镇岳骑的两只驴子，也一同开口哀求道："可怜些我们，不要打吧。"

这么一来，慌得景无畏倒退了几步，瞪着两目只管发怔。朱镇岳也忙从驴背上蹿下，向雪门和尚喊道："不好了，驴子会作人言，这正是妖异呢！"说着就抽出剑来，待要刺下，雪门和尚忙摇手止着他道："不要如此鲁莽，我瞧这三只驴子，一定有什么冤苦呢。"说着也从驴背上蹿下来。

这时天色已晚，一轮明月正从山顶上透出，从月光中望去，只见脚下却有一道溪泉。便叫朱镇岳、景无畏一同挽着驴子，来到泉边。雪门和尚向驴子说道："你们如要回复原形，只有喝清水的一法，如今快快喝了清水再说吧。"三只驴子听了这话，似乎很能理会，却一齐抢到泉边，伸长了头颈，把泉水一阵狂吸。只一会儿，三只驴子果然一齐变成了人形。雪门和尚骑的变成一个老人，景无畏骑的变成一个少年，朱镇岳骑的变成一个少妇。三人一齐跪倒在地，泣不可抑。

朱镇岳、景无畏见所未见，不免惊奇万分，只是呆呆的看着。雪门和尚道："他们一定受了什么妖术，所以变了驴子，这是道家中一种邪术啊。不过素来凡是已变了驴子的，就不能再作人言；他们方才说起话来，大约是冤结于中，又加着熬不住这痛苦，因此不觉开口说出话来了。如今我们且不要赶路，把此事探听一个明白，再作计较。"说着，便先问那老人怎么会变了驴子。

老人道："小人石荃，素在衡州贩卖布匹，这二人是我的子媳。因为年老力衰，无意再在外面经商，所以挈同他们回归故乡。那天经过这里，天色已黑，就在无量寺宿夜。不料到了午夜，忽有一个披头散发、黑面獠牙的恶道走进门来，一言不发，只对着我们念念有词，跟着又向我们各吹了一口气，待我们向自己身上一看，却都已变成驴子了。这时我们哭不出声，说不出话，只好由他摆布。他没收了我们的钱财行李，便把我们驱入院中。那院中已有六匹驴子现在着，大约也是人变的。在前数天内，那恶道领了贩驴子的人进来，谈定价钱，先后把那六匹驴子带去。贩驴子的因为我们生得太瘦，只肯出些贱价，所以还没有成交。今天那恶道走出门去了，恰巧你们进寺来，把我们带出，再生之德没齿不忘！"说着，同了他的子媳趴在地上，叩起头来。

雪门和尚道："照你所说，那恶道的模样，想来大约就是伏豹山的飞杖大师，我早已听人说过了，不过不大相信，现在方知人言非虚。他既胆敢这样作恶，我非把他制伏不可。我想他回到寺中不见了驴子，定要追寻到这里来，我们快快藏躲，然后再作办法。"说着便同众人走上山去，找得了一个树木丛密的山洞，教石荃们和景无畏等一齐躲入，自己同朱镇岳在洞外守待着。

隔了一会儿，只听得一阵怪风呜呜作响，自远一至。二人偷偷从月光中望去，果见一个道士模样的人，大概就是那飞杖大师，飘飘忽忽的从那边路上走来。到了山脚之下站着了，在地上查看一回，含着一脸怒容，又抬起头来向山上瞪望着，两道眼光电光似的，直向山洞中注射。

雪门和尚见飞杖大师来势甚凶，便想先发制人。随手拿了一块山石，向飞杖大师的头颈上抛去。飞杖大师只把铁杖一挡，那山石依旧飞回，老鹰扑兔似的，直向雪门和尚击来。亏得雪门和尚眼快，连忙闪过一边，更向山下看去。飞杖大师早已狂吼一声，向山上冲来了。雪门和尚同朱镇岳，一齐拾了山石向他乱抛。飞杖大师虽把铁杖挡住，但是石子好似雨点般的飞来，一时颇有点应接不暇，只得反身飞跑到了山脚下，猛身直上一棵树巅，口中划然长啸。一时山风暴起，吹得草木索索作响。

正在此时，就有一只白额猛虎，陡从草丛中蹿出，向飞杖大师炯目怒视，跟着又狂吼一声，直向树上扑来。飞杖大师口中念念有词，只把铁杖向猛虎一点，那虎顿时俯伏地上，动也不敢一动。飞杖大师又向虎念了几句咒语，那虎好似会意似的，又吼了一声，反身蹿上山去，直向雪门和尚扑来。

雪门和尚知道这虎，是飞杖大师招来抵敌自己的，心中倒暗暗好笑："这些邪术算得什么，难道以为我没有降服的法子吗？"一壁想着，待到那虎扑到自己面前时，也把指头一指，念上几句咒语。那虎悟会意思，登时又向飞杖大师反戈，反身蹿下山去，直向树上扑来。飞杖大师一壁把铁杖抵住那虎扑上树来，一壁又念咒语，教它再去反扑雪门和尚。但是已经失了效验，那虎只管在树下跳荡，并不住的暴吼。

朱镇岳见了这种情形，早已提了宝剑飞跑下山，想要跳到树上去和那飞杖大师厮杀。飞杖大师高踞树上，把铁杖左右挥舞，朱镇岳同着那虎，竟无从近得身去。正在为难之时，那虎忽的伸出两爪向树根乱抓。不一会儿，树根周围的泥土都被虎爪扫尽，那棵树没有了依傍，立刻倒将下来，飞杖大师也随树跌下，急忙跃起身来，同朱镇岳和虎扑斗。

雪门和尚在山上看得清楚，又飞起山石向飞杖大师的头颈上打来，飞杖大师急忙举起铁杖来挡。朱镇岳觑了这个空，猛的跃上一步，挺刀直刺他的心窝。飞杖大师直喊得一声"哎呦"，便仰面翻下。那虎何等敏捷，早已扑到他的身上，向他咽喉咬了一口，看看他已不动，便伏身在地，捧了他的身子咀嚼起来了。

那时，雪门和尚望见飞杖大师已死，便伴同石荃、景无畏等下山来，互相庆幸一番。看那虎时，已把飞杖大师的尸身啖尽，只是摇尾晃脑，依依于雪门和尚的腋下。雪门和尚又向他念了几句咒语，那虎好似叩别的样子，朝雪门和尚跪了一跪，便向丛草中蹿去了。雪门和尚又指点石荃等回家的路径，直待石荃等拜谢而去，不见人影，才偕同朱镇岳、景无畏踱上山岭。

朱镇岳道："想不到师父也会念咒语，这我在从前倒不知道。"

雪门和尚笑道："这是一个四川人传授给我的，不料如今却得到它的用处了；否则那妖道念起咒语来，我们就是不被虎咬死，也要同石荃这样变成驴子了。"说着，就向鬼门关进发。

这鬼门关不过形势险恶罢了，却居然平安过去，没有发生什么事，也就无可记述。一过鬼门关都是些平阳大道，更无可记了，不久就回到报恩寺，出游的事便告了一个段落。

我这部《江湖小侠传》也就在此结束了。至于朱镇岳和景无畏后来究竟如何？朱家的剑术，怎么会分传一支到云南去的？这许多节目，且等续集出时再行交代明白。

忆凤楼主评曰：

驴作人言，虎知咒语，皆怪事也。作者忽于本回中，将此二事尽情一写之，盖亦欲别开蹊径，而为读者一新耳目耳。幸弗以其事近荒诞而少之。

本书系以朱镇岳为主，小侠即指朱镇岳，此正集所叙，皆为其少年旅行时所见所闻事。故一至旅行告终，重归古刹，正集亦即铿然奏尾声。此后种种事迹，以及其他小侠之行事，统于续集中详述之，诸君拭目以待也可。

全书完

现代奇人传

第一回

热心革命豪士倾家财　盛德移人众星拱北斗

　　话说熊静藩是湖北一个富家子，论文学虽是少小时曾延师在家中，教读了好几年，只是仅读到文字清顺而已，并没有了不得的才名；论武艺更是一个完全的外行，一手拳脚功夫也不曾学过，也无意结交江湖上的好汉。然江湖上的头等好汉，偏是接二连三的到湖北去结交他。要说他是富家子，家中产业多，手头肯挥金如土，学小说书中的赛孟尝吧，而他出名使江湖上好汉到湖北去结交他，却在他倾家荡产、一贫如洗之后，他为什么事倾家荡产呢？

　　说起他那回的事来，他的亲戚故旧不以他为然，是不用说了；就是一般认识他的人，也都背地里骂他比猪还蠢。他家的动产与不动产，总共算起来虽不多，也有四十多万，熊静藩本人不嫖不赌，更没有其他耗费银钱的嗜好，只因清朝末年，他有一班图谋革命的朋友，但是他也没有拿出多少银钱来，帮助革命的事业。

　　民国元年，他的朋友在武汉起义，组织了军政府，大家都要拉他出来做官。他虽是个读书人，手中又有的是钱，若换个别人一定是要趁此过一过官瘾的了，他却不然，一口回绝了，什么官也不肯做。

　　癸丑年袁世凯派人把宋教仁刺死了，这时的革命党变成国民党了。国民党人在江西独立，湖南已响应了，熊静藩的那一班革命朋友，又极力怂恿他，要他出来做反对袁世凯的事业。他此时也觉得袁世凯的行为卑劣可恶，就毅然出来从事反袁的运动。争奈当时大借款成功了，袁世凯有的是钱，四省独立的局面只是昙花一现，就被袁世凯用金钱买得烟消火灭了。那些出头露脸的革命伟人，多少不等的各自卷了些盘缠，一溜烟到东、西洋亡命去了。对于平日跟着他们出生入死的部曲，自然一股脑儿撇下不管了。至于独立时与袁家军鏖战阵亡的官佐兵卒，更是白送了性命。

一般伟人谁也没将这些不相干的事，放在心上，唯有熊静藩就因他自己部下的官佐兵卒，共被打死了三四百，受重伤以致残废的，也有几十人。他原可以也和那些伟人一样，一同逃走到东、西洋去的，只为放不下这许多阵亡官兵的遗族，和几十个受伤的，只好悄悄的在汉口租界上住着。料知袁世凯一时是不会倒的，想等到国民党在国中活动的时候，再设法来抚恤伤亡，更是河清难俟的。他部下的官兵，又都是由他自己在家乡地方招募的，他想若就是这么看着他们死的死、伤的伤，不设法抚恤安慰，他们都是由我招募出来的，又在我部下，受我的指挥和袁家军拼死血战，我问心如何过得去？于是就决心自己变卖产业，拿钱来抚恤。

他是在本地方招募的人，各人家里的情况，他也都知道得详尽。这一场抚恤办了，四五百官佐兵卒的家中，皆受了实惠，他本人便从此成为一个没有产业的人了。好在他平日富裕的时候，自奉并不丰厚，所以虽一时将产业荡尽，也不觉得拮据难堪。然而江湖上的好汉，就因听得他有这番举动，都很钦佩他，专诚到汉口拜访他，殷勤和他结交。

便在他所结交的好汉当中，有些奇人奇事，不可不记载出来，以见中国地大物博，真是无奇不有。寻常小说书上所写的剑仙侠客，一般人都视为纸上空谈，向壁虚造的人物，近十年来熊静藩都一一亲眼见识了。只有各小说上不曾写尽的，没有小说上写了为现在所无的，在下曾由友人唐君介绍，在汉口与熊君会过几次。

以下所记的奇人奇事，有得自熊君口述的，有得自唐君口述的，在下皆能相信绝无虚妄，诸位静静的听在下一段段的述来就是了。

第二回

寂寂门庭何来不速客　　嶷嶷德宇暗有保镖人

话说与熊君结交的，正是分剑仙、侠客两派。侠客的首领，姓金，名秀山，山东人，年龄总在六十以上了，生得魁梧奇伟，神采惊人。初次来会熊静藩的时候，事前并没人来通知，熊静藩心中也不知道，中国真有专以行侠作义为职务的人物。至于行侠作义而有组织、有团体、有首领，尤其是他做梦也想不到有这么一回事。

他初见"金秀山"三个字的名片，觉得这姓名很熟，但是自问没有姓金名秀山的朋友，既是投刺来谒，且会面再说。及会面倒把熊静藩吃了一吓，原来金秀山仪表非常，银丝也似的一部胡须，飘拂胸际，两道扫帚一般的眉毛，也是根根如雪；两眼神光充足，使人一见就知道不是一个寻常人物。加以宽袍大袖，衣履鲜明，不是达官贵人，没有这般气概。熊静藩自倾家抚恤伤亡之后，富贵中人因他已由富家公子，变成了一个平常小百姓，多不与他往来了；门前达官贵人的车辙，久已绝迹。于今忽然来了这般一个仪表堂皇的人物，教他心里安得不大吃一吓呢？

金秀山发声如雷鸣的先开口说得："久仰大名，钦佩得了不得！这回因有事到了武昌，特地转到汉口来瞻仰瞻仰，望恕我鲁莽。"

熊静藩听他说话是山东口音，然并不知道山东金秀山是何如人，只得胡乱谦让了两句，接着请教他的来历。

金秀山见熊静藩完全不知道他，还得请教他的来历，似乎有些诧异的神气，一点儿不藏头露尾，很慷爽的说道："此刻在山东的张怀芝，正悬重赏要捉拿我，老哥不知道吗？"说时抬头连打了几个哈哈道："他张怀芝如何配捉拿我？我上午在山东，下午就到了吉林。我站在他跟前，他都不知道，他如何配捉拿我呢？他的左右，有八成是我手下的人，他只要动一动念，我顷刻便得着消息了。也不仅张怀芝左右，有八成是我手下的人，各省会、各大码头，以及现在一般人所认做大人物的部下，何处没有我的人坐守在那里，专探消息？我生平佩服的人，只有两个：一个是孙中山，一个是康南海。他两人无论有什么主张，我总是赞成的。并不是我一味盲从，因为我实在信服他两人，是天地间正气所结聚。他两人所有的主张，不问是与不是于国家有不有利益，总不和旁人一样，是为自私自利而主张的，是正大的，是光明的。我二十年来，就认定了他两个人，是我辈以行侠作义为职务的人，所应该拥护，不使他受生命危险的；所以不断的打发我最精干的徒弟，在他两人跟前，随时随地的暗中保护，他两人至今还不知道呢！"

接着又哈哈哈的笑了一声道："我原是不教他两人知道啊，上次闹张勋复辟的时候，康南海不是有我那几个徒弟跟着，他能出京吗？我辈的行动，只能认人，不能认事。我辈认定了这人是光明正大的，就处处帮助他成功，防御反对他的侵害。至于这人所做的什么事，我辈不过问，哪怕是一桩于国家极重要的事，倘主持其事的不是光明正大之人，我辈决不因事之重要而出力帮助。为的是国家大事，是非曲直，不是我辈没有学识的人所能判断，各人的主张不同，所见的也就有了分别了，所以只能认人不能认事。"

金秀山一张口，滔滔不绝的说了这么一大篇的话，熊静藩听了，因是初次会面，不知道金秀山的底蕴，心中不免有些疑信参半的地方，当下也不能辩论诘问，只是听到耳里，记在心里罢了。彼此又随便谈论了一会，金秀山便告辞走了。

熊静藩问他的寓处，他仿佛觉得熊静藩是打算去回拜，即抱拳说道：

"你我相交，不在行迹。我到处都是来来去去的，不能抽工夫在一处久留，今天这时分在此地拜你熊先生，明天这时分在山东老家里坐着也说不定。只是我有一句话得说，我此后有信来问候你，你不要吃惊，也用不着回信，有什么吩咐，只须对送信的人说说便了。送信的都是我手下亲信之人，他们不敢胡言乱道。"熊静藩满口应是，心里却不敢相信明天在山东老家里坐着的话。

不知金秀山这话确不确，且俟第三回再写。

第三回

一纸书来故人无恙　数声枪响逻士遭殃

话说金秀山走后，光阴容易的过了三个多月，熊静藩已没有把这回事放在心里了。这日忽来了四个关东大汉，一式的穿着灰色长袍，口称奉金爷的命，特地送信来问候熊先生的。

熊静藩出来，四大汉同时打跧请安，一个从怀中取出信来，双手恭恭敬敬的捧着送上。熊静藩打量这四个人，体魄雄壮是不待说，眉目之间，都现出一种精悍之气；衣服也非常宽大，各人腰间都好像带了什么东西，不过非仔细定睛看不出。看金秀山的信，虽只有几句问候的话，然文字皆极隽雅，是一个擅长文学的人的手笔。

熊静藩见信中没有要紧的事，就懒得写回信，口头对四人说了一番感谢金爷存问，并问候金爷的客气话，拿了四十块洋钱赏给四人。四人初推辞不敢收，熊静藩再三勉强他们才收了，重新打跧谢赏。

四人刚走了不到三小时之久，熊静藩偶然出外，便听得马路上的人纷纷传说，一码头有强盗打死了一个印度巡捕。熊静藩心想：青天白日，怎么会有强盗打死巡捕的事发生呢？随即向一码头走去，想打听是怎样一回事。

走到一码头看时，马路上果然还有血迹不曾洗去，打死的印捕已经汽车运往验尸所去了，马路上停留看热闹和探消息的人，比平常增加了几倍。

熊静藩走到一家熟识的店里去打听，这店里的人说："我亲眼看见两个身穿灰布棉袍的男子，年纪却不过三十来岁，身材高大，一面并肩走着，一面谈话，从我这店门口经过。横过马路到对门街沿上，好像搂起棉袍，待从里衣口袋取什么东西出来。一个不留神，'当'的一声从棉袍里面，掉下一件很重的东西在水门汀上，我赶着立起身看时，原来是一杆七八寸长的手枪。当时恰好有个印度巡捕，一步一步的在马路旁边踱着，忽见这大汉有手枪掉下，也不说什么，只用眼向大汉盯住。

"那大汉并不惊慌，更不急于拾手枪，还回头望着这巡捕笑了一笑，才行若无事的弯下腰去。刚将手枪拾到手，这巡捕已擎自己的手枪在手，指着大汉喝道：'不许动！'大汉哪里作理会呢？只见他连腰都没伸直，两脚一蹲，就和飞得起的一样，身体腾了空。我还没看得仔细，那大汉便已纵身到了第三层楼上的屋檐边坐着。这巡捕见一个已逃上了屋，正待转枪头对同行的这个开放，只是哪里来得及呢？这大汉早已挺枪在手等着的神气。这么枪头还没调转，大汉的枪声已响，巡捕应声而倒，枪弹正从太阳穴进，穿脑而出，简直手脚都不曾挥动就死了。

"大汉将巡捕打死，也是一蹲身就腾空而上，但是双脚一着屋檐，不知怎的又掉了一杆手枪下来。坐在屋檐边的那个大汉，见同行的手枪掉了，随即往下一跳，正落在手枪旁边，拾起手枪还看了一看，复望了望巡捕头上的伤处，方重新一跃上房，二人头也不回的，只几纵便不知去向了。等到两头的巡捕听得枪声赶过来时，只看见这个被打死的巡捕，创口流血不止，气是已经咽过了。平常若是遇着有强盗和巡捕开枪，马路上的人，总是吓得向两头飞跑，恐遭殃误伤；唯有今日不同，两个强盗都行若无事的，一点儿不慌乱，看的人也没有惊慌失措的，不仅不分头向两边飞跑，反而大家立住脚看强盗蹦上蹦下。"

熊静藩自然很佩服这两人的本领高强，只是听得两人一般的三十来岁年纪，一般的身材高大，一般的身穿灰布棉袍，不由得心里有些着惊。

不知这打死印捕的两个人，是否就是金秀山差来的人，且俟第四回再写。

第四回

防身有器两杆盒子炮　酬德无由一幅米公书

话说又过了些时，又有人送金爷问候熊先生的信来了。熊静藩看来的也是四个，也是一般的三十来岁年纪，不过衣服的颜色材料不同，四人都穿了马褂而已。细看四人腰间，也微微的有些显露，好像是带了和那四个一般的东西。

熊静藩看过了信问道："前次送信的这回没有同来吗？"其中一个答道："金爷每月有几次派人到汉口来办事，不知道前次送信给熊先生的是谁？"

熊静藩因不知道那四人的姓名，不便紧接着将打巡捕的事说出。直到后来送信的次数多了，彼此亲热无话不谈了，熊静藩问他们腰间带了什么东西，他们揭开长衣取出来。原来每人身上带了两杆盒子枪，枪上子弹都装好了，拦腰捆着一条皮带，带里一排一排的，插满了子弹，并且有一大半是软鼻弹，弹尖有十字缝的。

据说这种软鼻弹，就打在不重要的地方，也得永远成为残废的人，因为软鼻弹的尖头是铅的，约有半分深，以下就是钢的；铅头上还锯了两条十字交叉的口子，一着肉便开花，哪怕近在咫尺，也不至穿透过去。据说这种弹子，是要在被围不得已的时候，才可使用。为的被围自是敌人太多，若一弹送一个敌人性命，金爷说杀人过多，有伤上天好生之德；然不下辣手不能突破重围，钢弹打在不致命的所在，当时还有开枪抵抗的力量，只有这种弹子，就打在手脚上，也得登时倒地。我们打人第一个要穴，就是太阳，一着便昏倒不能开口，免得从被打的口中说出容貌装束来。

熊静藩问道："现在各码头、各口岸都有人检查，你们是这般全副武装的来来去去，如何不被检查出来呢？"他们笑着摇头道："怕什么！"究竟他们何以不怕，大约有关于他们内部的秘密，他们不肯说，熊静藩也不便问，只问了那次打巡捕的事。

据说那两个大汉，就是前次送信的，因那两人有一次在汉口短少了盘缠，曾押了一只金戒指在一码头当店里，那回每人得熊静藩十块钱的赏号，就打算到当店里去赎取金戒指。走到离当店不远，想从里衣袋中取出当票，谁知腰间挂手枪的钩不曾套牢，以致闹出那么大的乱子。两人回去，都被金爷重重的责罚了。

依得金爷那时的性子，定要开枪的那个人自行投案办抵，亏了大家求情，才责罚了事。然他两人就因那回的事做得荒唐鲁莽，直到于今，金爷还没有派差到他两人名下。金爷平生最痛恨的，就是拿人命当儿戏，有时却杀人不眨眼。

熊静藩有个朋友是康南海的小门生，就是绍介在下和熊静藩会面的唐君。唐君与熊静藩往来最密，知道金秀山的事也最详。

一日，在上海见了康南海，想起金秀山的话来，便说道："有一句话，多久就想问太老师，那年复辟不成之后，太老师出京有人同走么？"康南海道："没人同走，我改了装束，谁也不知道！"唐君又道："也不觉得暗中有人跟随么？"康南海听了很诧异的说道："你这话提起来，我倒想起一桩很奇怪的事来了。你何以忽然问我这话？"唐君因将金秀山所说曾派徒弟暗中拥护的话说了。

康南海点头道："哦！原来是这么一回事，他若不说出来，我心里的疑团，将永远不得解释。我那次走上津浦车的时候，就有一个形色很匆忙的汉子，走近我身边，打了一个踤，低声说道：'康大人请坐过那边去。'旋说旋指着车厢角上的一个座位，我看他没有恶意，即移到厢角上坐了。那人离我四五个座位立着，同时在车厢中立着的，还有五六个人，似乎是相识的，却不交谈。我因怀着戒心，所以对厢中人的举动，都很注意。只有这几个立着的，看不出他是哪一类人。而那人又认识我，究竟猜不透他请我移座位，是好意呢还是恶意？车到浦口以后，便不见那人的踪影了。"

康君复将金秀山之为人，并崇拜南海的话说了，康南海很高兴的取了一张玉版笺，挥毫题了四个大字，并很客气的书了上下款，交唐君转托熊静藩送给金秀山。唐君因一时有事不能到汉口去，那字至今还存在唐君行箧中，然金秀山早已得着消息了。唐君还不曾写信告知熊静藩，熊静藩就接了金秀山的信，中述康南海赐字由唐君转交的事。

不知以后尚有什么奇事，且俟第五回再写。

第五回

石尤无阻神仙显神通　二竖交缠异人医异疾

话说熊静藩结识金秀山不久，又有一个姓周的来拜访他。姓周的叫什么名字，在下却忘记了，于今在汉口凡是与熊静藩交好的朋友，无不认识这姓周的。大家都称作他"周神仙"，他也受之不辞。在下记述他的事迹，也只好跟着称呼他周神仙。

周神仙是湖南人，初次拜访熊静藩的时候，便直言无隐，说自己是练剑的人，世俗所谓剑仙的便是。剑仙也有组织、有团体，也和侠客一样，各省会、各码头，都派了人坐守。凡是练剑在他这个团体之内的，每年定了日期，到四川峨眉山聚会一次，所有重大问题，都在这聚会的时候解决。他是刚才被派到汉口来，坐守汉口码头的。至于他担负的是些什么任务，他不肯说。

据他说在他之前坐守汉口这码头的姓刘，在汉口三年，每日摆一个测字摊在大智门旁边，替人测字，三年没有能看出他是个剑仙的人。

周神仙有一个朋友在岳州，交情最厚，每一个月得去岳州看那朋友一次，熊静藩曾同去过。那朋友是一个五十多岁的道人，不但没有练过剑，什么学问也没有，什么本领也没有，言谈像貌都很鄙俗，不知道周神仙何以这么对他殷勤亲切。周神仙和那道人都欢喜吃鸭，每次会面总得吃完几只鸭子。

周神仙去岳州也不坐轮船，也不乘火车，只是雇定一只双飞燕的划子，议妥价目，来回多少钱。从来坐民船行到一百里以上的水路，便不能算定时日来回。因为风色不能一定，若是遇着倒风，或狂风，常有停泊在一个汉港里，好几日不能行动的。唯有周神仙雇船，能算定来回的时日，尽管刮倒风，或中途遇了狂风，江里没一条船敢走，独他的船好像能避风的一样，照常行走。

熊家有个老妈子，颈项上生了一个酒杯大小的疮，痛得不能动，躺在床上整日整夜哼声不止，外科医生费尽了气力治不好。熊静藩听了那哼痛的声音非常难过，偏巧这老妈子在熊家服役十多年了，是个无家可归的可怜婆婆，不能遣送到别处去。

周神仙来了，熊静藩便问他道："你是个有道法的人，我家老妈子颈项上生了个疮，日夜哼痛的声音最惨，你能替她治好么？"周神仙道："且看看，或者能替她治好。"熊静藩因老妈子起床不得，就引周神仙到床前。周神仙看了看笑道："治好是立刻可以治好的，不过这里找不出替她的东西。"熊静藩问："要什么样的东西便可替？"周神仙道："鸡鸭猪狗都能替得，只是她这疮的毒太重，恐怕鸡鸭猪狗都受不住，因替她病而伤其生，是不可以的。老婆婆你得依我一句话，我包你就好！"

老妈子正痛得没奈何的时候，忙答应什么话都依得。周神仙点头道："我方才进大门的时候，恰好看见你家里的厨子，提了一篮黄鳝回来，想必是安排今日午饭用的，去选一条活的，用木盆盛了来。"

熊静藩叫当差的去办，没一会就捧着木盆来了。周神仙问老妈子道："你会念往生咒么？"老妈子还没答出来，熊静藩已抢着说道："往生咒会念。我老太太当日持往生咒最诚虔，每逢月半、月底烧起往生钱来，全家的人都得帮着念。她是念惯了的。"周神仙道："那就好极了！你这疮好了之后，每日须一百遍往生咒，三年不能间断，念时心中须回向这条替你受苦痛的黄鳝，念满三年，就可不念了。从今日起，到死不许吃黄鳝，你依得么？依得便心里发这誓愿，我即刻替你治好。"

　　这有什么依不得呢？妈子自然满口答应："依得。"只见周神仙将黄鳝捉在手中，口里默念了一会，陡然伸手向老妈子颈项上一抓。

　　不知有何校验，且俟第六回再写。

第六回

闲闲致词暗弹乡愿　草草走笔惊退正人

话说周神仙伸手向老妈子颈项上一抓，并不曾沾到疮上去。道法的妙用，真不可思议，仿佛抓着了什么东西的样子，在黄鳝头以上二三寸远的地方一敷，登时肿起一个疮来，与老妈子颈项上的一般无二；再看颈项上不红不肿，已完全回复了原来未生疮的皮肉。因有这种神异的事迹，所以大家称呼他"神仙"。

有一个湖北人姓陈的，与熊静藩是同乡，时常到熊家来玩耍，和周神仙也见面多次。熊静藩每喜要求周神仙占课，断得灵验异常，不过一日只能占一课，占过了决不再占。占课的时候，无论什么人在房中都不要紧，唯有这姓陈的一来，周神仙便立时停止不占了，也不肯说出一个所以然来，多是推诿他自己心里有事不诚虔，暂时占不得。

姓陈的虽与周神仙见过多次，并没看见过什么神异的事，因此心里不服。他也是个读书人，平日自谓是上流人物，遂到处毁谤周神仙，并说熊静藩没有见识，容易受人的骗。世间哪有什么神仙？就是会些邪术，也只能称为"妖人"。常言邪不胜正，见了正人，所有的邪术便都使不出来了。所以每次有我在跟前，他立刻规规矩矩的坐了，连课都不敢占一个，是什么神仙？

拿着这类话说的地方多了，当日又有不服姓陈的人，传说给周神仙听。

周神仙笑道："我本不是神仙，也没自称神仙，旁人随便称呼有什么要紧！我看他姓陈的本不是正人，要自称正人，倒是有些使不得。"

周神仙这话，也有人搬到姓陈的耳里去了。姓陈的最欢喜充正人，听了说他本不是正人的话，这一气非同小可。这日打听得周神仙到了熊家，就跑到熊家去，熊静藩正陪着周神仙在自己读书的房里闲谈，姓陈的也做作闲谈说笑话的神气，对周神仙说道："静藩和一班朋友，都称呼做神仙，你也公然答应，我想世间哪里真有神仙，便是有神仙，也应住在天上，不应终年还是和凡夫俗子在一块，与凡夫俗子一般的饮酒食肉。你到底是什么神仙，请说给我听听。"

周神仙大笑道："还是你这人爽快！我前日就听得说你自称正人，我觉得你这正人，和我这神仙一样，都不甚妥当。不过我是旁人称呼，没有你这自称的来得爽快些。"姓陈的生气道："我如何不是正人，你何以见得我不是正人？"周神仙仍是嬉皮笑脸的说道："我又如何不是神仙，你又何以见得我不是神仙呢？"

姓陈的愤然道："你既是神仙，就使出一点儿神仙的本领我看。"周神仙笑道："你要看我神仙的本领么？这房里没有外人，倒不妨使一点儿给你看看。"一面说，一面从桌上取了一支笔，在他自己的大指上画了几画。

熊静藩顺便看他画的是两笔眉毛，两眼睛，一只鼻子一张口，画的又草率、又不匀称，也猜不出是什么用意。画完了将笔一掼，即竖起这只大指头，朝着姓陈的大声喝道："来了！你看吧，我是不是神仙，你是不是正人？"姓陈的对指头望了一眼，脸上就吓变了颜色。周神仙接着喝道："看仔细么？"姓陈的到这时也顾不得有熊静藩坐在旁边了，身体筛糠也似的抖着，连忙跪倒在地叩头道："你老人家确是神仙，只求你老人家……"

周神仙不待他往下说，急伸右手将他拉起，用舌头在左手大指头上一舔，连连赔笑说道："逗着你开心的，也这么认真做什么呢？请坐，请坐！"姓陈的好半晌还痴痴的坐着，如失了魂的人。周神仙端了一杯茶给他喝了才好。

姓陈的去后，熊静藩问周神仙用什么法子把姓陈的吓到这样，周神仙摇头道："没有什么，他是读书人胆小，容易使他害怕。"熊静藩知道这是掩饰的话，定要他说出画的那面孔，怎么能使他看了害怕的理由来。周神仙仍是摇头道："何必追究呢？"

熊静藩当时虽不能再问，然怀着好奇之心，总想将来遇着机会，追究他一个所以然出来。

不知追究出来没有，且俟第七回再写。

第七回

黑幕重重自陈隐史　恶因种种又蹈覆车

话说过了些时，熊静藩会着那姓陈的，姓陈的深深作了一个揖道："我那次见周神仙的事，求你不要对外人说，好么？"熊静藩道："要我不对外人说是可以的，不过你得将所以然说给我听，你当时看见他大指头上画的是什么东西？"

姓陈的问道："周神仙不曾对你说出来吗？"熊静藩道："他若说过，我也不问你了呢！"姓陈的道："好在你不是外人，又是亲眼看见我对周神仙的情形，说给你听无妨，不过这事关系极大，须求你代守秘密。"熊静藩点头道："我决不拿着去胡乱对人说便了。"

姓陈的道："我前年续弦的这个内人，你是见过的，你可知道她的来历么？"熊静藩道："我只知道她是一个刚死丈夫不久的寡妇，旁的来历不知道。"姓陈的道："她嫁我的时候，还带着一个拖油瓶的五岁儿子，去年死掉了，你知道么？"

熊静藩道："我如何不知道，不是害痢症死的吗？"姓陈的道："害痢症是害痢症，但是那痢症并不至送命，这事我实在做得太恶毒了。我因为那儿子不亲热我，跟他娘到我家来一年多，无论她如何打他骂他，他只不肯叫我一声爹。我说我本不是他的爹，就叫我一声伯伯或叔叔都使得，可恶那孩子，连伯叔都不肯叫，并且看见我就像见了鬼的一样，赶紧躲开。

"他人虽只有五岁，背地里对家下雇的长工老妈子，说出些话来，简直和大人一般。他对老妈子说：'他娘没有天良，他爹才死，家里不是没有饭吃，又有他这般大的儿子，不应不顾他张家祖宗香火，带着他嫁到陈家来。'老妈子见他五岁孩子能说这种话，很稀奇的拿着四处传说，弄得左右邻居的人，都说他娘不是好货，见面都不打招呼。他娘固然是气得要死，我心想这孩子既不肯亲热我，又是这么乱说，他的居心就不言可知了。他于今只有五岁，羽毛未丰满，只好跟着他娘在我这里混衣食；若我将他养成人了，他思念前情，心目中还有我吗？我家有吃不完的饭、穿不尽的衣，情愿拿去赏叫化，也不应给他穿吃。但是他娘因为张家没有肯担任抚养他的亲族，所以带到我家来。我于今留母去子，待打发他到哪里去呢？若没有妥当的地方，他娘决不肯让他去，一时想不出安置他的法子。

"凑巧他在这时害起痢症来了，也是他该死，他娘要我去药店里配药他吃，我暗中放了几钱巴豆在药里，几天就泻死了。这事除我自己而外，连我内人都不知道，想不到周神仙那日大指头上画的，就是那小孩的面孔。初落眼还只有些相似，细看眉眼简直是活的，横眉怒目的望着我，口里还在咬牙切齿，你说我看了如何不害怕？"

姓陈的说时虽曾要求熊静藩代守秘密，只是他自己既拿着向人说，旁人安得替他绝对守秘密？不多几时，平日和姓陈的有交情的都知道了，因此在下才有这事实供记载。

从这回起，姓陈的再也不敢去熊家，怕和周神仙见面；而周神仙的神仙之名，更加传闻遐迩了。

有一个姓赵的湖南人，在外省做官赚了三四万块钱，年纪也有五十多岁了，打算回湖南安享余年。遇着那时交易所的潮流极盛，一般商家仿佛发了狂的一样，都认定交易所只不开，开了是无不利市三倍的，有许多变卖田产来开交易所的。本钱足的人，嫌湖南的局面太小，不足发展，不能赚多钱，一窝蜂跑到汉口来，买地皮造房屋。

那时汉口的空气，完全是交易所布满了，那姓赵的原打算靠着三四万洋钱安享的，经不起一般亲朋的劝诱，情愿提出一半入股，也到汉口来开交易所。起初赚了些钱，大家嫌资本不充，不好大做，姓赵的赚得两眼发红了，将所有的洋钱，全数提出来充股本，这番大做起来了。

谁知交易所的潮流，竟好像专为要骗姓赵的银钱而来的一般，银钱一拿了出来，生意就亏本了。那种交易所，原来是完全的赌博性质，赚起来快，亏起来更快，不到两个月工夫，三四万块钱，亏了个一干二净。俗话说得好，"福无双至，祸不单行"，姓赵的亏了本，又险些儿被汽车撞死了。

这日他乘着他自己的包车，到交易所去，不提防在六码头附近被汽车撞跌了一跤。包车撞得稀烂，倒也罢了，汽车轮盘从他右腿上轧过去，登时把他的右腿碾成两段，骨头被轧得粉碎。当时已昏死过去，不省人事了，扛到医院里，灌救了好一会才醒转来。外国医生看他的伤处，说非索性将右腿割断，恐怕连性命都难保。

姓赵的听了外国医生的话，把右腿割断没有，且俟第八回再写。

第八回

奇术如神生死肉骨　大恩在念顶礼焚香

话说姓赵的听说要割断这右腿，他心想割断了一条腿，岂不成了一个残废的人？我记得初到汉口来的时候，某人请我在海天春大菜馆吃饭，有一个姓周的在座，某人给我介绍，说这位是周神仙，神通广大得了不得。人身上生了疮疖，以及一切无名肿毒，只须周神仙的手一抓，立时就抓得没有了。后来我又在旁的地方会过他几次，他为人和蔼极了，我这腿何不去求他治治看。他能治自是我的福气，即算是他治不好，不得已再到这医院里来割断，也来得及。我这腿是汽车碾伤的，又不是有毒在内，为什么不割连性命都难保呢？姓赵的主意已定，即教人扛回自己寓处，打发当差的去请周神仙。

当差的到周神仙住的地方一问，知道到熊静藩家去了，当差的就赶到熊家来，周神仙果在熊家谈话。当差的说明了来意，周神仙挥手道："你先回去对你东家说，我立刻就来。"当差的应是去了。

熊静藩问周神仙道："腿被轧断了，也能用法术治好么？还是用药呢？"周神仙道："须看过伤势，方能定治法，你高兴同去么？这姓赵的虽和我会过几次面，然是一个语言无味的人，有福不知道安分享受，做了一辈子的官，到晚年却跑到汉口来与商人争利，不是自寻烦恼吗？他既知道我，来求我，我并不费事，不能不去行行方便。"熊静藩笑道："我正想要求同去见识见识。"于是二人同到姓赵的寓所。

这时是十一月间，天气很冷，姓赵的躺在床上，用毛毯盖了，只痛得哭泣不止。周神仙揭开毛毯看伤处，乃是从膝盖以下碾断了，并没有鲜血流出，但是紫肿得不堪了。周神仙只略看了看，便对姓赵的说道："这很容易治好，不过你须听我的话。"

姓赵的道："既求先生替我治伤，自然得听先生的吩咐。"周神仙道："我叫你起来，你不能踌躇，就得坐起来；我叫你下来，你就得下床；我叫你走，你不能站住不动；我叫你跑，你得尽力量往外跑。"

姓赵的苦着脸道："我只要心里一想动，就痛彻肺腑，怎么能由先生叫跑就跑呢？"周神仙道："我叫你跑，若还是痛得不能跑，又何必要我来治些什么呢？教人弄一碗清水来吧！"当差的在旁，即去端了一碗清水来。

周神仙接在手中，将左手的中指和无名指跪着，伸起大小指、食指端着碗底，口中一面念咒，一面右手伸中指向水中画符，右脚也在地下画个不住。画念了一阵，喝了一口清水，对床帐上喷去，又喝了一口，喷在姓赵的身上，其实只喷落在毛毯上。

周神仙伸右手在碗里蘸了一手的水，离姓赵的右腿约有二三寸高下，由上至下顺摸过去，摸到膝盖以下，忽然停住手，似乎吃惊的神气问道："胫骨已碎了么？"姓赵的道："大约是已经碎了，怎么呢，碎了便不好治么？"周神仙也不回答，将右手缩回来，偏着头好像想方法，随即将水碗放下，一声不言语，径从床头开后门走出去了。

熊静藩没有跟去，便问赵家当差的道："这后门通什么地方，不是街上么？"当差的道："后头是一个院子，没有门通街上。"熊静藩猜不透周神仙到外边去做什么，忽听得后院里鸡叫，那叫声可听得出是被人捉住了。熊静藩问道："你家养了鸡么？"当差的道："不是我家的鸡，我老爷是寄居在我姑老爷家里，姑老爷家里养的鸡。"

话才说到这里，只见周神仙仍从床头走出来了，右手握了一根三寸来长的鸡腿骨朵，急忙走近床前。左手揭起毛毯，右手连鸡腿骨伸进去，并不用眼睛去看，也不知那右手在毛毯里如何动作了一会，就缩了出来，从新端起水碗，从新蘸了一右手的水，在伤腿上顺摸。不但手没沾着伤腿，并没沾着毛毯，约莫了数十下，再喝一口水朝姓赵的脸上喷去，喷了大喝一声："起来！"作怪就像有人帮扶的一样，应声而起，直挺挺的坐着。

周神仙又喝一口喷了喝道："下来！"姓赵的自然能将毛毯一掀，两脚在踏板上立着；喷第三口水喝："走！"便能提步；第四口水喝："跑！"绕着房子跑了几转。

周神仙将水碗放下，姓赵的已喜滋滋的跑过来，作了一个揖，还待下跪叩头，周先生连忙扶着笑道："不要这么客气。"姓赵的不依道："我叩头不仅表示感激，我实在是佩服得不能不五体投地。若此时定不许我叩头，我此后就供奉你老人家的长生禄位牌子。"

周神仙大笑道："这算得了什么事，值得这般小题大做？"姓赵的道："我要拿银钱或别的物件来谢，倒是亵渎了神圣；而受大恩不报，我怎么能算得是人呢？唯有一瓣心香，朝夕顶礼，求你老人家寿与天齐。"

周神仙慌忙掩着两耳辞也不作就走了，熊静藩也跟着就走。等姓赵的追赶出来时，周神仙脚步飞快，已走去好远了。

不知以后还有什么奇事，且俟第九回再写。

第九回

工搬运朋俦齐咋舌　擅土遁茶役暗称惊

话说熊家自产业变尽以后，门庭原甚冷落的，因为时常有剑侠两派的人，到他家中来，至此又渐渐的热闹起来了。有些好奇之士，听得说有周神仙这么一个人，常在周家闲坐，也都常到熊家来。有想亲近周神仙的，也有想看周神仙神异举动的，也有喜听周神仙所谈奇怪事迹的。周神仙也不夸张炫耀，也不故意隐藏。

一夜已经十一点钟了，熊家有二十多个朋友，都因听周神仙谈话，不知不觉的夜深了，加以下起倾盆大雨来，大家被困在熊家不能回去；并且多半觉得肚中饿了，熊家取办不出这多的点心，又夜深雨大，不能打发当差的去买，面面相觑的不得计较。中有一个朋友笑向周神仙道："神仙总应该有办法。我们因贪着听神仙说话，以致如此，神仙不应望着我们为你挨饿。"这朋友这样一说，其余的都笑着附和起来。

熊静藩也笑道："我做东家，没点心款客，神仙也是我家的客，诸位怎的倒向他啰唣呢？等雨略小点儿，我就打发人去宵夜馆里叫面来，望诸位少安毋躁。"

周神仙道："静藩倒不用客气，我们也不做客，你也不做主人，我自从到汉口来，扰你们的回数也太多了，论理我早应该还席请你们，无奈我是一个光蛋神仙，没有还席的资本。你们既是肚里饿了，想吃面，请各自拿出钱来，我尽义务替你们去买来，就算是我还过席了。"

有人问道："要劳动神仙去替我们买，我们吃了也受折磨……"熊静藩道："若也得和平常人一般的冒雨跑出去买来，还算是神仙吗？一定有巧妙的法术，你们多久想看神仙法术的，可以趁此偿这希望了，面钱可由我出。"说时，取出一张五元的钞票来，递给周神仙。

周神仙接了摇头道："不！他们还是各自拿出钱来的好些，每人不拘多少，三个铜子、五个铜子都使得，不够的由我补垫。"众人听了，都笑嘻嘻的各自从怀中掏铜子。

周神仙道："拿一口大衣箱和若干只盛面的碗来，自己拿碗去，免得吃后又得还碗给人家。"熊静藩即吩咐当差的照办。

衣箱和碗都拿来了，放在周神仙面前，周神仙揭开箱盖，数了数碗大小共三十四只，做几叠放在箱里，向众人说道："你们买面的铜子，各自掼进箱里去。"众人都安排了铜子在手，听了这话，都争着掼进箱里。

周神仙扬着手中五元钞票说道："我觉得这房里的陈设品，少了一口大座钟，若有一口大座钟，安放在这边香几上，岂不美观多了吗？这五块钱，静藩本打算买面给你们吃的，我心想你们已是为贪着听我谈话，以致被雨所阻，不能回家；岂可又为你们不能回家，使东家多受五块钱的损失？所以我思量这个办法，你们每人出几个铜子，算不了什么事，我就拿东家这五块钱，替东家买一口座钟来。"说毕，众人都鼓掌赞成。

只见周神仙将钞票也掼进箱里，合好箱盖道："请你们大家把眼睛闭了，偷看了不灵验，便不能怪我！"众人同时将眼睛闭了，只有熊静藩的两眼，似闭实张的，看周神仙左手按住箱盖，右手食指在箱盖上连忙画了几画，便说道："你们可以开眼，不妨事了。"众人静听箱里，一点儿声响也没有。

约莫经过了一分钟，周神仙忽然笑道："来了，来了，拿筷子来吃吧！"旋说旋将箱盖掀开。只见满箱热气，随箱盖烘腾而上，众人一拥上前看时，只见一碗一碗的鸡火面，碗靠碗的排列在箱底，上面碗底，搁碗边的又重叠一层，端端正正的没一碗偏侧。无论有如何研究力学的人，若教他是这般碗底搁碗边，要重力平均，不偏不倚的安放十几碗面，恐怕谁也办不到。

周神仙点了点碗数道："还好，大小三十四碗，没有短少，你们不可动手，我端给你们吧！"周神仙端出箱之后，众人想照原来的形式，仍将碗底搁在碗边上，只是哪里搁得安稳呢？休说十几碗，一碗也放不稳。端开上层面碗，便发现一口很大的座钟，横放在箱底下，四周都是面碗围着。取出那口钟看时，乃是德国有名的钟表厂里造的，平常到钟表店里去买，足值三十多两银子。熊静藩称谢不置，很欢喜的安放在香几上。当时众宾客中，就有喜占便宜的人，也拿出五块钱来，要求周神仙照样替他买一口。周神仙笑道："这类事情，可一不可再，常做是有干天谴的。"当差的将箱底下的面碗，都端了出来，箱里不但钞票没有，连一个铜子也没了。

据周神仙闲谈时，也说他们剑仙的团体里，也非常钦佩孙中山，也是已派人在暗中保护二十年了。便是中山在欧美各国游历的时候，负责在暗中保护的人，仍是不离左右。周神仙在汉口，凡是和他同道的人，走汉口经过，没有不和他会面的，十有八九由他介绍来会熊静藩，其中以湖南、四川两省的人为最多。

第一次介绍会面的，四川人姓郭，不曾说出名字，因其人身材很矮，周神仙称他郭矮子，他本人也时常对人自称郭矮子，带了四个徒弟，同到汉口。来到就住在汉口大旅馆，也不知道他是来干什么事的。他独自住一间房，四徒弟共住一间房，衣服穿得极华人时，面目也生得清秀，每日早起独自出外，走出自己房间时，叫旅馆的茶房锁房门，茶房照例将客房钥匙带在腰间，免得别人开门进去。

郭矮子每叫茶房锁好门出去了，不多一会又在房里喊茶房，有时还有外来的客同在房中坐着。茶房很惊讶的问："没有钥匙开门，何以能进房？"郭矮子笑道："你自己不曾将房门锁停当，我如何不能进房呢？"茶房不相信，出来问他四个徒弟，徒弟都笑着说不知道。

郭矮子初来汉口的时候，和周神仙来往很亲密，半月以后，周神仙忽然不去大旅馆看郭矮子了。熊静藩屡次邀他同去，他只是借词推托不去。熊静藩问是什么意思不去，周神仙不肯说，问了多少遍才说道："女色害人，郭矮子近来在三分里，看上了一个生得极俏皮的姑娘，已结不解之缘了。他与那姑娘虽是前生分定，然既修道有得了，不应该再这么糊涂。我曾苦口劝他不听，只好暂时不与他往来，免受拖累。"

熊静藩问道："受什么拖累呢？"周神仙摇头道："这是我们内部里的事，说给你听也不得明白。"熊静藩道："我与他来往不致受拖累么？"周神仙笑道："与你有何拖累可受？"

熊静藩因喜郭矮子的谈吐好，性情爽直，每隔一两日，必去大旅馆座谈一次。郭矮子不肯提在三分里嫖姑娘的话，熊静藩也不便过问。

这日刚吃过午饭不久，熊静藩坐在郭矮子房中，郭矮子和四个徒弟同在房中作陪。六人正说笑的时分，只见郭矮子陡然吃了一惊的样子，随即立起身来，双膝朝着窗子跪下，四个徒弟脸上也都吓变了颜色，一个个连忙跪伏在郭矮子身后。

不知郭矮子为何如此模样，且俟第十回再写。

第十回

空中显圣小惩淫荒　梦里从师尽传道术

话说郭矮子忽然变了颜色，和着四个徒弟，一齐朝着窗子跪下，郭矮子一面捣蒜也似的叩头，一面自己打嘴巴，并发出哀求的声音说道："知罪了，下次断不敢了。"如是者连说了好几遍，两脸打得红肿起来。

静藩看窗外窗内，皆空虚没有人物，看不出他们玩的是什么把戏。然看了这种情形，料知必是有重大的缘故，随即又听得郭矮子连声说："是，是，是！"接着又叩了几个头，立起来已满头是汗，四个徒弟也站起，脸上都微有笑容了。

熊静藩待问为什么，却恐怕郭矮子有不便说的事。郭矮子已抖了抖身上衣服说道："熊静翁看了我们这情形，多半看不出我们在这里捣什么鬼。"熊静藩道："我正想问，不妨向我说么？郭矮子道："我做也做了，说有什么说不得？不过我已不能在此地久停了，一个时辰之内，就得离开汉口，没有工夫多说话了。简单些说，我在三分里嫖了一个小姑娘，名叫玉如意，想不到被我师母知道了，刚才满面怒容的来了，定要取我脑袋。亏我再三哀求苦告，方饶恕了我这一遭，如下次再犯，绝不容情。"

熊静藩问道："令师母到了什么地方，何以我看不见呢？"郭矮子道："就立在这方桌旁边，寻常人的眼睛，除非她老人家有意使你看见，才能看见，否则是对面不相逢的。"熊静藩道："令师母是谁，姓名可以告人么？"

郭矮子道:"说起她老人家来,知道的大约不少,就是马提督玉龙的小姐。"郭矮子说完,匆匆检点行李,即时付了旅馆账,由京汉路的火车上去了。

郭矮子去后不久,周神仙忽问熊静藩道:"我邀你同去湖南会几个道友,你有闲工夫同去么?"熊静藩道:"我横竖在家也是闲居,正想去什么地方逛逛,肯带我去瞻仰异人,莫说我本来尽多闲工夫,就是有天大的事,也得搁下来同去;只不知是去湖南哪一县,是不是交通便利的地方呢?并不是我虑及交通不便的地方难走,因为若是去轮船火车不通的所在,就不宜带多了行李。我是一个纯粹的肉体凡夫,出门衣服被褥都是少不得的。"

周神仙道:"行李不妨多带,只去湘潭、醴陵两县。"熊静藩遂收拾行李,与周神仙同坐轮船到湘潭。

在湘潭会见的是欧阳越盒,这位欧阳越盒先生,在下癸丑年在长沙,创办国技学会的时候,曾派人迎接他到会里来往过差不多一月。他的神奇事迹,在下原来知道些,也一般的有记载的价值。近年来的湖南人,少有不知道他的,不过一般人都只知道他是个奇人,是个异人,究竟如何奇,如何异,曾亲眼看见他奇异事迹的也不多;因为他待人非常客气,平常不懂得道家功夫的人去问他,他总是一口回绝,说自己并不修道,也没有会过修道的人,无论如何也不肯承认自己是修道的。

他的年纪,现在至少也有八十岁以上了。他就利用着年纪老,遇有不谙世故的人,逼着他显本领给人看的时候,他不是装耳聋,所答非所问的与人纠缠不清;便说头昏眼花,没精神谈话,因此想看他奇异的事迹,是极不容易的事。只是他若绝对的始终一次也不肯显出来,连口头都不肯承认修道,我们这种纯粹的肉体凡夫,又何以能知道他是个剑仙呢?原来他遇不得已的时候,也还是免不了要显点儿出来的。

据认识欧阳越盒最久,深知他历史的人说:欧阳越盒在十二三岁的时候,生性异常顽皮,专喜出外和左邻右舍的小孩子打架玩耍,不愿读书。他父母只他这一个儿子,希望他读书成名,专延了一个先生在家,教他读书。因为在地下读书,与外边太接近了,外边小孩玩耍说笑的声音,容易传达到他耳里，乱他读书之心，特地收拾一间楼房，师弟子两人终日住在楼上，就是吃饭也不许下楼。他心里虽不愿是这么关闭，然也不敢违抗，只得勉强按捺住野性，不出外玩耍。

这日师弟二人在楼上吃午饭，先生不知因什么事，偶然下楼去了，只有他一人边吃饭，边举眼向窗外无意识、无目的的乱看。忽然看见一个白须老头，骑马式的坐在墙头上，伸手向他讨饭吃。他觉得奇怪，连忙端起饭碗跑到窗前问道："你这老头讨饭，怎么坐在这高的墙头上呢？我这碗饭不吃了，送给你吃，只是如何得到你手里去咧？"

老头道："你肯送给我吃，我就到你楼上来。"说时一脚踏在墙头上，立起身来，这一只脚就和跨一条小沟相似，随意便从窗口跨到楼上来了。欧阳越盦既是一个最顽皮的孩子，看了这种本领，如何能不羡慕？当下将手中饭送给老头，便说道："你这般容易跨上楼来，是用什么法子的，这法子可以教给我么？"

老头接饭在手，两口就抓吃了说道："教给你是可以的，但是不许你对人说出来。不问在什么时候，对什么人，只漏出一点儿风声来，我就不教你了。"欧阳越盦道："我随便对谁也不说，你教给我吧！"老头道："此刻是白天不能教，你今夜在床上不要睡着，我自来教你。咦？楼梯响，你去楼口看是什么人上来了。"

欧阳越盦到楼口看是先生，即忙着回身，待说给老头听是先生，但是回头已不见老头的影子了。赶到窗口看墙头上，也没看见，心里非常诧异，先生已上来了，又不敢说出来，因为已受了老头的吩咐，不许对人说的，心头纳闷了半日。毕竟他是个有根气的人，在这种关头，不与寻常小孩同心理；若是寻常小孩，遇了这种奇事，决不能忍住不向人说，夜间更忍不住假躺在床上不睡着。

这夜他假睡到三更时分，果见老头到床前揭帐门，一手提着他的臂膊，教他将两眼合上，他只觉得身体微微的荡动了两下，就已脚踏实地了。老头叫他开眼看时，眼前景物，完全不是自家的读书楼上了，就星月之光看眼前形势，好像是在谁家花园里。老头就此传授他，至于传授了些什么，除了欧阳越盦本人而外，旁人是绝对不得而知的。传授即毕，又提着臂膊，合上眼，如前微微的荡动两下，仍回到床上来了，简直和做梦一般，每夜是这么一次。

经过三四年，书也读清通了，道也学得有门径了，他父亲望他成名的心思太切，逼着教他去应小试。他向老头请示，老头道："你虽不是富贵中人，但父母养育之恩，不能不报，你努力去应小试，能得着一名生员，于你是没有用处，使你父母欢喜欢喜，也算尽了人子之道。只要你能时刻存心怕堕落，成功之日自在后头。"

欧阳越盦遂从父命小考，这年果然进了学。他父母不待说是非常欣慰，就是他欧阳家的族人，因读书的太少，宗祠里已多年没有新入学的子弟来祭祖了，这回越盦以幼童入学，合族都觉得光荣。然而越盦自从入了这个学，便见不着老头的面了。

他虽与老头亲近了三四年，只是不知道老头住在什么地方，每次问老头的姓名、住处，老头总是摇头道："你用不着问，问了你也不知，你应当见我的时候，我自会来找你；你不应当见我的时候，便知道我的姓名、住处，也找我不着。"

他既见不着老头的面，就只能依着老头所传授的用功，不能猛进，又因谨守着老头的吩咐，不许对一切说，不敢去访求证道的友人，而他父母只有他这一个儿子，怎肯不给他娶媳妇，希望生孙子呢？他学道既是不肯告人的，自不能向父母说出不娶妻的理由来。好在那老头不曾吩咐他，不许他娶妻，迫于父母之命，只得办喜事。

他娶妻之后，仍旧感觉独自修道寂寞之苦。那时湘潭有一个最著名的法师，姓胡行二，大家就称他"胡二法师"，虽不是一个修道的人，然湘潭全县的人，无不知道胡二法师的法术神妙。欧阳越盦也明知胡二法师不是道侣，但是湘潭没有学道的人可交，觉得交胡二法师，比交寻常人于自己有益，遂亲访胡二法师，二人一见如故，就此订交。谁知胡二法师的法术固是高妙，人品却甚不堪。欧阳越盦年纪还轻，阅历更是没有，只知道与胡二法师来往，毫不注意他的行为怎样。越交越密，两人简直情逾骨肉，弄到湘潭的人，凡是知道胡二法师的，都知道他至好的朋友是欧阳越盦。

哪知道如此交不到两年，胡二法师忽犯了盗劫藩库银两的大罪，尽管他的法术高妙，到此时全不中用，一般的被捕快拿获了。

不知欧阳越盦受了他的拖累没有？且俟第十一回再写。

第十一回

叱鬼呼神齐供奔走　吞烟吐雾幻作龙蛇

　　话说胡二法师被拿以后，当官虽未供出与欧阳越盦伙通的话来，然因遍湘潭的人，都知道欧阳越盦是他的至好朋友，这种重大的罪犯，与有嫌疑的人，如何免得了不牵连呢？可怜欧阳越盦尚在睡梦里，也糊里糊涂的被捉到官了。幸亏他是曾入了学的生员，一则官府另眼相看；二则同族的人相信他不是做强盗的，邀合通族的人具结请保，也不知花了多少银钱，费了多少气力，才将他保释出来。胡二法师是正名定罪，枭了首级了。

　　欧阳家通族的人，将越盦保释出来之后，就大家知道他有学道的这回事了，族长当着通族人告诫他道："胡二法师是湘潭有名会法术的人，谁也知道他的本领了不得，只是毕竟还是弄到身首异处下场，这种人应该引以为鉴戒。你既读圣贤之书，如何也做这攻乎异端的事？这回我们是看祖宗的面子，并知道你尚没有与胡二法师伙通的情事，所以愿全族出名保你；若以后你交游再不谨慎，再犯了这类的事，我们便不问情节何如，不仅不出名禀保；就是你自己能辩白开释，我们族人也得在祖宗堂里，重重的惩办你。你要知道我们欧阳族里，外无犯法之男，内无再嫁之女，你果能安分读书，力图上进，何至受胡二法师这类邪人的拖累！"

　　越盦听了这番告诫，纵有一肚皮的委屈，也不能申说。不过自己也觉得交胡二法师，是交错人了，从此恢复他未交胡二法师以前的状态，每日只在家中读书修道，一切外事不问，一切外人不交，就是出大门外闲步的时候都极少。

这时他的父母都已去世了，他也生了一个儿子，他家住在离湘潭县城七十多里的乡下，一日天色已将黑了，他母舅忽坐着一乘走长路的凉轿来了，进门便很着急的神气对越盦说道："我生长到五十岁，今日才干一桩极荒唐的事，我已急得莫奈何了。"越盦忙问是一桩什么荒唐事。

他母舅顿脚道："我为某处的田事，和某人打官司事，你知道么？"越盦道："你老人家不是为那官事在县里住了半个月吗？我早已听得说了。现在官事怎么样，已了结了么？"他母舅道："哪里得了结，官事不了结不要紧，可恶我自己太不留神，我这回在县里落的那个歇家，谁知倒是某人的亲戚，简直和住在对手家里一样。我进的禀帖要歇家盖戳，还不曾递进衙里去，某人倒已完全知道了，你说我这官事打得过人家？"

越盦道："你老人家于今既是知道了，赶紧换一个歇家就是，官事没了结，还不妨事。"他母舅道："我的话还没说完呢，你哪里知道我的这桩荒唐事，就是为急于想换歇家，才干出来的啊！我昨夜方打听得歇家与某人是亲，只急得我一夜不曾睡好，今早天光一亮，我便起床雇了一乘轿子坐到你这里来。想不到仓忙急促的动身，将一个要紧的小手巾包儿遗落在歇家了，走到半路上还不曾想起来。直到离你这里二三里的地方，才记起来。天色已这么晏了，无论如何会跑，也不能跑回县里去取，只好打算到你这里请一个人，我拼着多花些钱，务必今夜走一个通夜。明日一早到县城，若歇家的人不曾看见那手巾包，是可以取得转来的。"

欧阳越盦问道："那手巾包放在什么地方？里面包了什么要紧的东西呢？"他舅父道："我是住在西边正房里的，手巾包就放在房的书案抽屉里，是一块罗布手巾包的，里面最要紧的是一个手折的底稿，这手折是托人暗中递给县官的，如果落到了对手家里，不但我这场官事不得好下台，便是这县官的声名，说出来也不好听。你看我怎么不着急？"

越盦点头道："这事本来关系很大，不过你老人家也用不着这么着急，你老人家还没吃夜饭的，我且去招呼厨房弄夜饭给你老人家吃。手巾包放在那里，大约不会给歇家的人看见，但请放心，我自去设法拿回来。"说着进里去了。

他舅父独自在欧阳家客堂里吃了夜饭，好一会不见越盦，以为是他亲自到外边请人去了。约莫经过了半个时辰，忽见越盦仍从里面走出来笑道："还好，还好！喜得没给歇家看见，已经取得回来了，请看是也不是？"一面说一面将手巾包递给他舅父。

他舅父接过来看了愕然问道："怎么到了你手里？难道是我自己带出了城，在半路上掉了，你拾起来的么？"越盦笑着应是，他舅父却又摇头道："不是，不是，这东西我不带在身上便罢，带在身上是绝不至掉在半路上的。你毕竟是怎生弄到手的，里面包的东西一样也不错，你说你毕竟是怎生弄到手的？"

越盦道："我因见你老人家着急得那么厉害，而失落这东西在歇家的关系又太大了，只得亲自去县里跑一趟，又恐怕你老人家在这里等得心焦，来去在路上不敢停留一步，所以很快。"

他舅父不信道："你这话真是瞎说，从这里到县城，来回一百五六十里路，你就是在路上不停留，也不能这么快。我今日天明便出城，在路上也没耽搁，不是黄昏时候才到吗？"越盦笑道："不是我亲自去拿来的，你老人家说是谁拿来的呢？你老人家只求这手折底稿不落到对手家里去便如愿了，我看不必追问是怎生弄到手的。"

他舅父偶然想起越盦曾与胡二法师结交的事，心里才明白，以为是胡二法师传给他的法术，有差神役鬼的本领。从这事传播出来，凡与越盦有戚族关系的人，多知道越盦有神奇的能耐了。但是想要求他显些儿本领出来，给人当把戏瞧，是无论如何要求不答应的。不过有时被纠缠得无可奈何，也还是显过两次，一次在马家河地方，就是越盦的舅父做寿，同时娶儿媳妇，越盦不能不去拜寿喝喜酒。

他的舅父住在马家河小市镇上，他的亲戚凡曾听他舅父说过取手巾包事的，大家逼着要他显神通。有他舅父亲口证实了，无可推诿，加以有许多长亲在内附和着，更使他不便固执不肯。一斑人从白天向他纠缠起，直纠缠到夜深，已有几成年轻的以为绝望自去睡了，他才应允道："即是诸位都要我做把戏，我也只得做一点儿出来。我学会了一样本领，就是会吸烟，可以吸出许多把戏来，诸位要我做把戏，请先拿烟来给我吸吧。不怕多，越多越好！"

有人问他："要吸什么烟？"他说："不拘什么烟，只要是人家吸得的，纸卷烟也好，皮丝烟也好，旱烟也好，有多少就拿多少来。"众亲戚踊跃争先的去了，顷刻间便办齐了各种烟来。

马家河小市镇上的纸卷烟少，只买了三四十小盒；十两一包的皮丝烟也只有一两包；旱烟最多，约莫有五六斤，一股脑儿堆在越盦面前笑道："你说不怕多，越多越好，你看这里多不多呢？"

越盦每样取在手中掂了几掂问道："尽在这里吗，还可以办得这么多来么？"众亲戚笑道："你不要拿这个难为我们，好图推托，深更半夜的，又在这小市镇上，怎么还能多办？不是有意出难题目，给我们做吗？"

越盦笑着点头道："这地方取办不出是实情，至说我有意出难题目，就冤哉枉也。也罢，将就一点儿吧！我吸烟与别人不同，须得几个人帮着我吸，一口气务必将这里所有的烟吸完，那把戏才玩得有趣。"

众亲戚问道："教我们同吸吗？"越盦笑道："你们同吸了有何用处？若要你们同吸，只怕吸到明天这时分还吸不完呢！我吸烟要用这么粗一根南竹，将竹节打通，用这么大的瓦罐做烟斗，要两个人装烟，两个人掌火，我只顾张开口吸；还要一张大白纸，贴在壁上，我吸完了，便在白纸上玩把戏。你们照我说的办，保管你们有好把戏看。"

众亲戚听了这类话，已十分纳罕，自然情愿照办。好在南竹、瓦罐和白纸，都是容易取办的东西，不多工夫就办好了。

越盦吩咐将旱烟、皮丝烟同装在瓦罐里，用火把当纸捻，然后自己张开口，衔着这大旱烟管，呼呼的向肚中吸下去，一点儿烟不喷出来。吸完一罐，接着又装一罐。看的人都惊得吐出舌头收不回去，总共六七斤烟，能装多少罐？只一阵就吸完了。随即又将三四十盒纸烟搓散装上，几口便吸完了，笑向众亲戚道："请看我的把戏。"说时走到张贴的白纸前面，对着白纸凝神注目了一会。只见他吹笛子也似的撮聚着上下嘴唇，吹出一股青烟来，如缕不绝的向白纸上盘绕。

最奇的是烟凝聚在白纸上，久久不散，口里不停歇的越吹越有，纸上便凝结得越积越多，渐渐的纸上容纳不下这许多烟了，就仿佛山帕生云，缓缓的向天空舒展。转眼之间，弥漫全室。

将近吹嘘一刻钟，越盒口中的烟，好像已吹尽了。展开两只大袖，飘飘然在房中乱舞了一阵，顿时烟消云散，室内清明，手指着白纸对众亲戚道："请看我这把戏玩得如何？"众亲戚看白纸上，现出一堆大石头，比什么画家画出来的，都要好看些。墨色的阴阳浓淡，细看竟透人纸中，并不是虚浮在面上的。

亲戚当中也有会画的人，都不由得赞不绝口，说是巧夺天工。中有一人说道："这一张画，可以裱起来使成一幅绝好的中堂，只可惜没有落款！"越盒笑道："落款的烟，我早已预备好了，我就落款给你们看。"于是又继续一缕一缕的吹出青烟来，如前一般的在纸上凝聚不散。不到前次十分之二的时间，青烟便消灭了，越盒道："你们看吧，不仅落了款，还有题咏呢！"

众亲戚看纸上龙蛇飞舞的题了几行草字道：磊磊落落，自矢贞坚；既能填海，又可补天。问君之寿，十二万年；知己者谁，襄阳米颠。下面还有湘潭欧阳越盒六个字。

众亲戚看了，不待说又是一番激烈的赞叹。他从这次显了这点儿本领之后，直到民国元年，在他一个本家的家里，才显出第三次的本领来。

不知显的是什么本领，且俟第十二回再写。

第十二回

筵前显绝技举重若轻　室内诉阴谋投明弃暗

　　话说他第三次所显的虽是硬功夫，不与法术相关，然硬功夫做到他这种火候，也就可以使人疑心他是有神助了。湘潭最有名的豪商欧阳介仁，是他的嫡亲本家，班辈也比他大，欧阳介仁是做鸦片烟土生意发财的，那时所积蓄的，虽不过几十万产业，只因欧阳介仁生性豪奢，又喜结交官府，以至豪富的声名，比有数百万产业的更大。

　　辛亥革命的时候，欧阳介仁恐怕有匪徒乘着秩序紊乱的机会，来家里抢劫，想请保镖的人在家保护，无奈湖南从来没有以保镖为业的人；知道越盦有特殊的能耐，亲自迎接越盦到家里保护。越盦因自己少年时受胡二法师的拖累，性命亏了族人救出来的，所以对于族人有为难的事，他无不尽力帮忙。这番欧阳介仁去迎接他，他挺身出来，一口担保决不使介仁家受丝毫损失。

　　湘潭人谁不知道欧阳越盦，是个惹不起的人物，明知有越盦在介仁家里保镖，自然没有人敢转抢劫的念头了。当他初到介仁家的这日，介仁特地办了极丰盛的酒席款待他，并有意请了些外人做陪客。

　　酒至半酣，介仁笑对越盦说道："我因为在二三十年前，就知道你有些特殊的能耐，所以今日亲自迎接你到我家来替我保镖。不过我心想你的年纪，今年已有六十多岁了，究竟还有没有少年时的本领，我是个完全的外行，你不显点儿本领给我看看，我是不得而知的。既不能确实知道你的本领如何，我这颗心便有些放不下似的。你我至亲骨肉不客气，此刻就随意显一点儿本领给我瞧瞧，好不好呢？"

越盦笑道："我因为已有二三十年不做身上的功夫了，究竟还有没有少年时的本领，连我自己都非试验一番不得而知。于今既是你老人家开口教我做，我怎敢说半个不字呢？请吩咐当差的搬出四十串制钱来，我只试试气力就够了。"介仁即吩咐当差的照数将制钱搬出来。越盦向左右张开两条臂膊，教当差的将制钱一串一串的挂在臂膊上，右臂挂二十三串，左臂挂十七串，挂好了说道："请同到后面花园里去看吧。"于是主客一同走到花园里。

这花园两边都是二丈多高的风火墙，是预防邻居起火，延烧过来的，单另另的一堵墙竖着，两边墙底下都没有房屋。越盦两膀挑着四十串制钱，迳走到西边风火墙底下，提起一只脚来，看了看脚上的鞋子笑道："这鞋底太厚了，笨重不堪，不能穿这东西上高，又忘记了换草鞋，却怎么办呢？也罢！拼着下来换袜子。"边说边从鞋子里脱出脚来，侧着身躯靠墙根站了，抬头仰面望着墙头。

只见他将身体略略往下一蹲，全不费力的样子，就轻轻纵上了墙头立住了。立在墙头上，低头对一个当差的说道："快把我的鞋子，送到那头墙底下放着。"当差的拈了鞋子，忙向那头跑。越盦在上面也跟着向那头跑，不听得墙头上瓦有些微的响声。当差的刚将鞋子放下走开，越盦已翩然而下，两脚不偏不斜的正套在鞋子里。气不喘、面不红，看的无不惊为神勇。

癸丑年在下创办国技学会，就因听得人说，他这种上高的情形，才辗转请人绍介，将越盦接到会里来住着。只是再三问他，他始终不肯承认有这么一回事。

熊静藩跟着周神仙到湘潭会见越盦，同住了几日，每日也只听得越盦和周神仙谈论些旁人不得了解的话，夜间两人都是坐着不睡的。有时三更半夜的，两人忽然高谈阔论起来，是这般相处了十来日，周神仙又带着熊静藩到醴陵会蓝仙果。

这蓝仙果年约五十来岁，仪表并不堂皇，言谈也不风雅，做道家装束，一眼望去，只像是一个寻常穷苦的道人，绝对看不出是有特殊道行的。熊静藩打听他的历史，才知道他的能为，不在欧阳越盦之下，他的逸事，也有足供记述的。

蓝仙果家祖居在渌口地方，传到蓝仙果十四五岁的时候，家中产业都尽了，一贫如洗，简直无法生活。蓝仙果的父母死后，伯叔兄弟渐渐不愿供养他，既没有钱送他读书，也不说起要他学手艺。小孩子完全不受一点儿家庭教育，专一游手好闲，自然不会向正当的路上走去。这地方只要成了一个市镇，便有许多流氓痞棍混杂在里面，四业不居，每日从清早起来，就张开口向空啄食。

渌口地方所容纳的这类流氓痞棍，比一切小市镇都多些，并且凶狠些。这类流氓痞棍，也有团体，也有很简单的组织，这地方无论大行小店，新开张的时候，总得拿出些钱来，送给流氓团体；并得办些酒菜，请这团体里的重要分子吃喝，方能安安静静的开张做买卖。若鄙视他们，不作理会，那就不问这家行或店有多大的本钱，多大的势力，也休想做一天顺遂买卖。就是住家不做买卖的人，家里也不能有喜事、有丧事，喜事、丧事都得和新店开张一样，送钱请吃喝，不然也不得安静。

蓝仙果那时年纪既轻，又不务正业，就混进这流氓团体之内，充当一个小流氓。这流氓团体当中，很有几个身壮力强，会些把式的，蓝仙果也跟着练些把式。每有江湖卖艺的人，走渌口经过，不停留卖艺便罢，若要卖艺，必先得这团体的许可。

一次来了一个老道人，一到就在码头上围了一个圈子卖艺，并不曾通知流氓团的首领，流氓团的流氓一个个气得摩拳擦掌，一窝蜂拥到码头上，打算将老道赶出渌口地方。只是大家拍到码头上一看，老道正在兴高采烈的显本领，将道袍脱下来，露出形如枯蜡的身体，大声对看的人说道："贫道并非靠卖艺糊口的人，只因路过此方，一来短少了盘缠，想借小时练的功夫，换几文看钱；二来久闻渌口地方有几个武艺高强的好汉，想趁此领教领教！抛砖引玉，只得先行献丑。我这身体，从外面看虽是枯瘦如柴，里面却还结实，可以听凭人尽力敲打，穿了衣服给人打的不算，会武艺的就可以打得。贫道能脱得一身精光，仰睡在地下，听凭诸公拳打脚踢，武艺高强的朋友，看了贫道不服，存心想来打的，不妨请出来敲打几下看看。"说罢仰面朝天的睡在地下，手脚都放开来，表示无处不能敲打。

在码头上看的人，都望着不敢上前动手，因为安分的人，恐怕打伤了老道受累；唯有这班流氓不怕撞祸，推选了几个武艺好、气力大的，走到老道跟前，各拣要害处拳冲脚撞。老道行所无事的睡着，一不提神，二不运气，拳脚着处，比棉还软。

各人敲打了七八下，同时都觉得不能再打了，挥拳的拳忽不能活动了，使脚的脚也不能自如了，各人望着各人的拳脚发怔。看着红肿起来了，流氓头目知道老道厉害，连忙走出来向这几个动手的流氓喝道："你们这些东西真混账，我一不在家，你们就跑到这里来胡闹，你们有眼不识泰山，还不赶快叩头赔礼，更待何时？"

肿了手脚的流氓，渐渐痛得受不住了，见自己头目这般说，都向老道叩头。老道翻身爬起来说道："何必这么客气！你们自己用力猛了些，闪伤了手脚，不要紧，我摸摸就好了。"随即在各人红肿之处抚摸了几下，果然一霎时都红退肿消了。

流氓头目殷勤邀老道到家中款待，老道也不客气，就在流氓家里住下。这流氓头目哪里有真心款待老道，不过知道老道的本领高强，自己手下人不是对手，不能明白报复，只好打算留在家中，冷不防将老道打翻，当众羞辱老道一顿，好泄泄打肿手脚的愤气。

老道住了一夜，次早起来，一个流氓双手捧了一盆洗面水，送给老道。等老道刚伸手接过面盆，又一个武艺好的流氓，手挺七八寸长的尖刀，悄悄的从背后猛然刺去，以为这一尖刀，无论如何也躲闪不了。谁知老道竟和脑后长了眼睛的一样，不慌不忙的端了一面盆水，往旁边一跳，已跳到丹墀那边站着。

　　拿刀的见一下子不曾刺着，正待也跳过去，流氓头目恰好走出来，看了又大声喝道："你又敢背着我无礼吗？滚出去！从此不许到我家里来了，是这般暗算人还了得？"那流氓被骂得不敢说什么，羞惭满面的退下去了。

　　头目又向老道谢罪，暗中仍计算伤害老道的方法。也是蓝仙果合该有学道的缘法，只他一个人认识老道是个异人，不能暗害，这夜他跟着流氓头目，议定了害老道的方法，即私自走到老道跟前说道："道爷何苦久住在这里？这里的殷勤款待都是假的，实在是想暗害道爷。"老道问道："他们为什么事要暗害我？"蓝仙果正待说出来，忽听得脚声响，恐怕被人知道，只得匆匆说了一句道："明日吃早饭，不可坐首席。"说毕急抽身走了。

　　次日吃早饭，流氓头目推老头坐首席，老道仿佛不觉得的神气，安然坐在上面。蓝仙果只急得什么似的，对老道使眼色，老道也不看见，倒被流氓头目看出来了，不由得心中愤怒，暗骂蓝仙果十个指头向外弯，存心将老道打翻之后，再重惩蓝仙果。老道只顾低着头吃饭，冷不防从楼上打下一件东西来，正压在老道头顶上。

　　不知老道是死是活，且俟第十三回再写。

第十三回

轻裘肥马游子回乡　旨酒嘉肴浪人设宴

话说老道正低着头吃饭，忽从楼上打下一件东西来，正压在老道头顶上。这东西若打在旁人头上，无论什么铜头铁额，也得打成肉饼；只是这老道真有能耐，不但不躲闪，反将脖子一硬，这东西倒在桌上，登时将桌子压断了腿，桌上杯盘不待说，都压得粉碎。原来压下来的，是染坊里滚布的元宝形石头，足有四五百斤重。

老道跳起身来怒道："你们无端要害我的性命，我于今也要取你们的狗命！"这些流氓见又不曾把老道打死，吓得都往门外逃跑，只蓝仙果没有跟着逃出来。大家逃出门还怕老道追赶，跑了多远不见老道的影子，方敢停步。过了好一会回家看时，老道和蓝仙果都不知去向了。众流氓正恨蓝仙果走漏消息，巴不得他从此脱离渌口的流氓团体，蓝仙果的叔伯兄弟，更不把蓝仙果失踪当一回事。

悠悠忽忽的过了二十年，蓝仙果忽然回来了。蓝家虽没有产业，然一所住宅是祖传的，蓝仙果名下也有几间房屋。蓝仙果初回的时候，衣服也还穿得齐整，手边也还有些银两，蓝家的人以为他出门得了好差事，乡下人的眼皮浅，不敢再和从前一样，存轻视的心了；本地的商人，也多有与他往来的。及在家住了将近一年，手边的钱使光了，也不提出门谋事的话，仍是每日走东家、游西家，不务正业。有人问他出门二十年，在什么地方停留，如何生活？他只是含糊答应，不肯向人说出一个所以然来。

滦口有一家最大最老的南货店，招牌叫作"罗元泰"。罗元泰的大老板，为人极精明能干，自他经手做买卖，每年至少也得赚几千块钱。蓝仙果虽与滦口街上各家店东多有往来，然独和罗元泰的大老板最要好。蓝家住在滦口对河，蓝仙果时常在罗元泰谈到夜深回家，大老板知道蓝仙果无钱使用，不待蓝仙果开口借贷，每月十两或二十两，情愿送银子给蓝仙果用。

蓝仙果也和用自己的一样，一不推辞，二不道谢，是这般过了两年，罗元泰的兄弟都背地说起闲话来了。怪大老板不应该每年送几百两银子给蓝仙果使用。蓝仙果原是滦口地方的一个游手好闲的痞棍，如何值得每年花几百两银子供给他。大老板说道："二十年前的蓝仙果，诚哉是滦口地方有名的痞棍，于今却不然了，你们看他的外面，虽像是一点儿能耐没有，但是我细心看他，可断定他有绝大的能耐！"

罗家兄弟不服，问大老板，何以知道他是有绝大的能耐？大老板道："他虽不曾对我说他有本领的话，然我看他时常在我这里，坐谈到三更以后才回家去，只就这一桩，已经不是寻常人所能得了。"罗家兄弟笑道："这有什么道理？难道在人家坐到三更半夜回家的，都有本领吗？"

大老板道："你们又不是外省人，也不知道这滦口的情形吗？滦口的渡船，每夜初更以后，便停泊在对岸，谁也叫他们不过来，你们不知道么？"罗家兄弟道："这也算不了什么，他是当痞棍出身的人，或者和驾渡船的有交情，每夜约好了三更以后到这边接他，这也算是本领吗？"

大老板没有话辩白了，只得向蓝仙果道："你我来往了二三年，交情不为不厚，你虽没有在我面前逞过本领，我却知道你确是一个大有本领的人，所以情愿拿我做生意辛苦赚来的钱供奉你。不过我的几个兄弟，多没有眼力，觉得我不应该是这般供奉你，我和他们争论，也争论不过，你得当着他们显点能为出来，使他们相信我的眼力不差才好。"

蓝仙果笑道："我本来没有什么能为，教我显什么东西给他们看呢？你又何以知道我大有本领呢？"大老板将每夜过河的话说了，蓝仙果道："你真可以算得我平生第一个知己，你若不是有夙根的人，也没这般眼力，没有这般心思。我此刻虽没有了不得的本领，但只求使他们相信你的眼力不差，那倒不是一件为难的事，我早已听得人说，不以你供给我为然的，不仅你自家兄弟，渌口街上的商家，差不多全是这般见识，越是反对我的人多，越使我感激你不已。你就不教我显本领，我不久也得玩点儿把戏给他们瞧瞧，使你不致得浪交匪人的恶名，才对得起你。不过我所踌躇的就是，一时还想不出一个显的方法来。"

大老板道："应该如何显法，是非由你自己斟酌不可，因我究竟不知道你有些什么本领。"蓝仙果低头思量了一会笑道："有了，有了！我想了一个法子，做起来虽近于招摇，然既是有意做给人家看，招摇是免不了了的。我打算借你这房子请一回客，将渌口街上大行小店的老板和账房都请来，我安排二三十席上等酒菜，大家欢呼畅饮一天，你说这法子好不好？"

大老板道："法子虽好，只是太劳神费事了，并且二三十席上等酒菜，就得耗费不少的钱，无名无色的给他们一顿吃喝了，也太不合算。"

蓝仙果道："要劳神费事，耗费银钱，那我又何必多此一举呢？为的是正要借此显一点儿手段给他们看看。不请他们吃酒席，不好意思无端把他们都邀到这里来，看我显本领。我回想二十年前在这里住着的时候，随便一举一动，都有些对不起这里的人，于今我自谓改邪归正了回家，本应该办点儿酒菜，接大家来欢叙一番，算是我蓝仙果向他们道歉的意思。只是用我一个人的名字，发帖给他们，而所请的地方，又在你家里，似乎不大妥当，我想用你和我两个人的名字。好在此刻正是二月，就当作请春宴吧，你只须预备桌凳，和几个斟酒送菜的人，酒菜、茶饭、点心，你多不用过问，我自去向酒席馆借来。"

大老板道："这渌口是个小地方，菜馆虽有，如何能包办二三十桌上等酒席？我看这事你得斟酌妥当，我并不是因为在我家里请客，怕劳神破费，原是为要显本领给他们看，不要弄巧反拙才好。"

　　蓝仙果笑道："你尽管放心照我说的办便了，请客的日期，可以随便你定，我是无论在什么时候，都能办到。若将客请来了，没有二三十桌上等酒席开出来，我何苦无端出丑，反使你为难呢？"大老板听了虽相信蓝仙果不至于荒唐，但也不知道他将怎生办法，只好依他说的，用两人的名字发了二百多份请帖。

　　请春宴发到二百多份贴，这种大宴会，不但渌口地方不曾有过，就是长沙省会之地，也少有这般的豪举。这贴发出去，已是很使人注意了，而请喜宴的主人，又有蓝仙果的名字在内。蓝仙果是渌口人人知道的光蛋，有什么钱能请客呢？更是使人特别注意。

　　到了请酒的先一日，罗元泰厨房里还是冷清清的，毫无准备。渌口街上几家酒菜馆里，也不见罗、蓝两家的人去定酒席。被请的人多方打听，才知道这番请春宴，是蓝仙果有意借此显能为给人看。请酒的日期到了，蓝仙果早饭后就到了罗元泰，对大老板说道："我今日定的酒席，是长沙大酒菜馆里的，钱虽花得不多，然我这番意思，不能谓之不诚。因我没工夫在席上陪客，你可将我这话在席上表白一番。"

　　大老板望着蓝仙果发怔道："长沙的酒席，怎么能叫到渌口来吃？即算你有法术能搬运得来，只是你说没工夫在酒席上陪客，你到哪里去呢？"蓝仙果听了知道大老板的意思，无非怕坍台，便笑着说道："我连陪客都没有工夫，还有工夫到那里去吗？你给我一间僻静而有窗孔的房子，将我反锁在房里，客来了要吃茶、要点心，以及杯筷酒菜，只须打发人到窗孔外边来搬就是了。非等到吃喝完了，我不能出房，因此我没有工夫陪客。"

　　大老板这才安心，腾了一间僻静的房子给蓝仙果。蓝仙果进房的时候，吩咐不许人在外边窥探，他吩咐虽是这般吩咐，然罗元泰全家三四十口人，听了这种奇事，如何能忍得住不窥探呢？

　　不知窥探得了些什么，且俟第十四回再写。

第十四回

世乱年荒殷勤筹巨款　腊残岁迫慷慨代长征

话说蓝仙果进了那间静房，罗元泰全家的人，忍不住都前去窥探。只见蓝仙果进房之后，整了整身上衣服，朝着长沙这方面，连作了三个揖，口中好像同时念着咒语。念完之后，从身上脱了一件长衫下来，抖开覆在地下，然后端了一张椅子，坐在覆衣服的前面，闭目不言不动。

不一会，外面客来了，罗家当差的到窗孔外要茶、要烟、要点心，只见蓝仙果两手从衣服底下一件一件的拿出来，茶和点心都是热腾腾的，越拿越有。比雇了许多厨子在家中办的，还来得整齐迅速些。看那些盛点心的盘碟上，都刻了"天然台菜馆"的招牌字样。天然台是那时在长沙最著名的大酒菜馆，凡是到过长沙的人，无不知道。二十多桌上等翅席，都是由蓝仙果两只手，从一件长衫底下端出来的。应冷食的冷、应热食的热，连出菜的次序，都没有错乱，各人喜滋滋的吃喝得酒醉饭饱，大家才恭维罗大老板有眼力。蓝仙果的声名，就这回传遍醴陵全县了。

当蓝仙果没有显本领得声名之前，渌口街上除了罗元泰的大老板，谁也不肯拿出一文钱来接济蓝仙果；就是蓝仙果因闲着无事，去这些人家闲坐，这些人家也不大招待。自显了这回本领，许多人便争着延请来家款待，争着问是否需钱使用。蓝仙果却绝迹不到这些人家去了，也不用人家的钱。自己没钱使用的时候，仍是向罗大老板开口。

罗大老板问他是什么道理，前后改变了态度。他说："看我有这些法术，始殷勤款待我的人，十九想利用我得些好处；即算这人有品格，不想利用我得什么好处，想我随时玩些把戏给他们看的心思，是免不了的，我何苦自讨麻烦呢？"渌口人听得了这种言语，才不争着延请了。

一日，蓝仙果忽然对罗大老板道："今年湖南的局面，很难安静，你家的生意，在渌口街上首屈一指，今年却不可和往年一样放手做去，最好把范围缩小些，第一现款不宜多留在店里。"

大老板问什么缘故，蓝仙果道："你照我所说的注意便了，不用追问缘故，更不可将我说的去向外人说。"大老板是最相信蓝仙果的人，听了自然非常注意。

果然这年南北战事发生，生意上大受影响，南兵溃退的时候，攸、醴一待都遭了劫掠，渌口街上仅罗元泰一家因事前得了警告，损失极少，不过罗家的生意大，因湖南全省被兵的关系，放出去的账项，到年终十有七八收不回来，而所欠汉口的货账，是照例不能拖欠过年的。大老板亲自出门收账，直到十二月二十五日方回渌口，计算偿还汉口的货账，尚少五千元，已是罗掘俱穷了，把个罗大老板急得无可奈何。

蓝仙果虽是时常到罗元泰来，但是彼此所谈的从来不关生意上的事，大老板因蓝仙果平日尚且受人的接济，不待说是没有力量帮助人的，所以也懒得对蓝仙果提起短少五千元还账的话，只是愁眉苦眼的唉声叹气。

蓝仙果是何等精明的人，看了大老板这般焦急的神情，便问他为什么事。大老板见问，遂很简单的说了原因。蓝仙果道："既是你自己的账收不回来，将欠人的稍缓偿还，大概人家也可以原谅你。一则因你平常不是不重信用的人，二则今年湖南的商家，差不多没一行不受战事的影响，年终不能偿还货款的，估量必不止你一家，你何必急得这样？"

罗大老板摇头道："做生意的谁肯用这般心思原谅人？明年不打算做生意了，今年不偿还便不要紧；生意不能停歇，信用是万不能失的。长时间欠账不还的人，谁说不出一篇可以邀人原谅的理由呢？我家七八十年的老店，于今在我手里坍这么大的台，我此后不但对不起同行的人，连死了都没有面目见开设罗元泰的祖先。"说时，更加急得如热锅上蚂蚁。

蓝仙果道："迟还几千块钱的账，就有这么大的关系吗？既是如此，你不用着急，你只说至少要几千块钱，方能保全你历来的信用？"罗大老板道："已计算了，非五千块不行。"蓝仙果道："你供给了我几年的衣食，你于今有为难的事，我若袖手旁观，论情理也太说不过去了，你不用着急，我决计帮你的忙。"

罗大老板笑道："你快不要存心和我客气，你我相处几年，我岂不知道你的境况，你存心和我客气呢？"

蓝仙果道："你是这般说法，我在渌口是个有名的光蛋，平日专受你的接济，今日岂有力量接济你？不过为一时权宜之计，我却有方法能帮你的忙。我自己因为没抵款，不能约期偿还，所以不能借钱。你于今是有确实抵款的，只不过受了战事的影响，一时收不回来，我敢大胆代替你去借五千块钱来，只问你打算约什么时候还人家，约定了是不可展期的，利息一文也不要。"

罗大老板半信半疑的说道："虽承你的好意，肯代我去借，但是今年的银根，紧得非常，还汉口的账，全要现款，此刻想在湖南办五千块现洋钱，无论如何有信用的殷实大商人，也不是一件容易的事。你不是生意场中的人，不知道这种情形，所以看得这般容易。"

蓝仙果笑道："你是最知道我的人，最相信我的人，怎的今日倒说出这些话来了？若依照平常借贷的手续，在湖南借钱，难道你不会自己去借吗？你的信用倒不如我吗？不用多啰唆，耽搁时间，你只快些打算，这款项在明年什么时候一定可以偿还？时期约远一点儿不要紧，到期时不能展缓的。"

罗大老板见他这么说，始欣然说道："既不妨约远，就约明年端午节还偿吧！"蓝仙果点头道："不是我小气，不相信你，你用罗元泰的名义写一张五千元的借字给我，非经过这手续不足以昭慎重。因五千元在我等小民眼中看了，不是小款项。"

罗大老板也猜不出蓝仙果将向何处借贷，只得随即写了五千元的借据，并盖好了罗元泰的图章。蓝仙果接了揣入怀中道："你那间僻静的房子，再借我一用。"罗大老板便将他引进那房间，照前次的样把房门反锁了。约莫经过一点钟的时间，蓝仙果即在房里叫开门出来，只见他脱下了身上的长衫，裹了一大包东西，抖开来看时，一色是汉口的钞票，点数恰恰五千元。

罗大老板看了，欣然向蓝仙果作揖道："你帮了我这五千块钱的忙，我真感情不浅，我有了这款子，立刻就得亲自动身到汉口去，可恶这个月偏是小建，今年十九不能赶回家过年，我们明年再见吧！"蓝仙果道："有钱还账，何必要亲自去呢？"罗大老板道："年终岁暮，湖南的银钱又如此艰难，几千块现洋，托人送去，如何能放心？我家往年照例是二十四以前，汇款去汉口还账，今年已经过了二十四日，只余四天就是明年元旦了，非我亲自去不妥当。"

蓝仙果道："你是一家主持的人，岂可不在家里过年？我索性替你去跑一趟吧！你将簿据和来往的摺子给我，比你自己去得迅速些。"

罗大老板踌躇道："有你替我去，自是千妥万妥，不过这么风雪的天气，害你辛苦一遭，我心里总觉有些不安，你打算乘火车去呢，还是搭轮船去呢？"

蓝仙果望着罗大老板笑道："轮船、火车的费用，留在这里办吃喝的东西过年，我还是只须借你那间僻静的房子坐坐。"

罗大老板即将汉口往来店家的簿账，交给蓝仙果，并简单的说明了一遍。这回就关在房里坐了三点多钟才出来，交簿据给罗大老板看道："不但簿上盖了各店家如数收讫的图章，及正式收条，我并且要各店都回一个电报给你。你这下子可以放心了么？"

不知罗大老板如何回答，且俟第十五回再写。

第十五回

求贤士秉节顾衡庐　退敌军卜龟得预联

话说罗大老板听了这话，当然没有话说。到了次日，罗大老板果然接了几个电报，都说承派蓝某来，尊账已如数收楚。罗大老板因此感激蓝仙果是不待说，一家的人，简直把蓝仙果当天人看待。渐渐有些显宦，因闻蓝仙果的名，特地到醴陵拜访他，他并不拒绝。不过有些纠缠着他，要跟他学法的，他便用种种的言语推诿；只有醴陵的叶能珂，是一个学陆军的人，和他的交情独好。

这年南北战争的结果，张敬尧做了湖南督军，南军退到衡州以上驻扎。那时叶能珂在赵恒惕跟前当参谋长，因自家军队打了败仗，图谋报复的心思，十分急切，知道蓝仙果多神奇的法术，占卜更是异常灵验，遂与赵恒惕商量，要迎接蓝仙果到军中帮忙。

赵恒惕也久想见见这个异人，当下就派了一个副官，带了叶能珂亲笔写给蓝仙果的信，并极隆重的聘礼，到渌口来欢迎。

蓝仙果看了信对那副官笑道："叶先生弄错了啊，我是一个山野之夫，疏散半生，懒惰成了习惯，如何能到他军队里面去呢？"

副官忙说道："叶参谋长曾说过了，他知道蓝先生是修道清高的人，厌恶尘嚣，他已准备了几处房屋，都是极幽雅僻静的，听凭蓝先生的尊意，喜欢住哪处就住哪处。军队里面嘈杂不堪，怎敢留蓝先生住呢？"

蓝仙果道："我从来是住在市镇之中的，尘嚣并不厌恶，我其所以说不能到军队里面去，是因为我疏散了半世，什么学问也没有，军队中哪有用得着我的事？我不曾读书，也不会写信，就请你口头回复叶先生，承他的好意提拔我，无奈我是福薄的人，不能受他的栽培抬举。郴州是我旧游之地，我若因私事到了郴州，必去看他。此时因此间未了的事尚多，委实不能奉命。"

那副官说了许多敦劝的话，都是枉然，结果连聘礼也不肯收受，副官只得扫兴而回。

叶能珂见派人聘请不动，仍不死心，亲自到渌口来，直到蓝仙果家里。蓝仙果好像预知叶能珂会亲自来接，先一日忽然吩咐同住的人说，出门须几个月才能回来，匆匆驮着一个包袱走了。

叶能珂到蓝家问知了这种情形，若是旁人必然又失望而去，叶能珂却心里明白蓝仙果是有意躲避，不肯随即离开蓝家。对蓝家的人说道："我辛辛苦苦的跑到这里来，是为有要紧的事，非亲见蓝仙果先生不可，这回见不着，下次还是要来的。与其长途跋涉，来回的辛苦，不如索性借住在这里等他，这是他的家，他免不了要回的。好在我随身带了马弁，可以借这里的锅灶，自己办火食。"

蓝家的人认识叶能珂是蓝仙果的好友，又是醴陵的有名人物，不便推托不肯，于是叶能珂就占据了蓝仙果的住宅，作久居之计。连住了四日，蓝仙果似乎知道躲避不了，第五日仍驮了那包袱回来，进门见了叶能珂便说道："你我既属要好的朋友，何苦定要使我为难呢？"

叶能珂道："于今北兵蹂躏湖南，全境土匪蜂起，我湖南的人民真是陷于水深火热之中，不可终日。我们的军队，虽不敢夸口说是吊民伐罪的义师，然上自司令，下至兵卒，绝对不是因与北兵争地盘而出于一战。你是醴陵人，去年我醴陵所遭北兵焚杀掳掠的惨状，是你亲眼所看见的，在你虽有道术，知道是天数注定了，应该受此魔劫；然不能因知道天数如此，便不尽人事以图挽救。圣贤仙佛何尝不知道凡事都有定数，然救世度人的念头，并不因之少歇。你是我湖南特出的人物，你却操着手，眼睁睁望着湖南人受北兵和土匪的蹂躏，不出来救援，我湖南三千万人民，不将死无葬身之地吗？"

蓝仙果见叶能珂说得这般慎重，即点头答道："你的话不错，但我生不读书，既不知军事，复不知政治，你教我凭什么东西去救人于水火呢？"

叶能珂道："你对我说这话，未免太欺我了！我千个门闾不下马，万个埠头不泊船，单单跑到你这里来，你还可以拿这些话来推诿么？老实对你说，你这回不同我到郴州去，我情愿先死在你面前，不忍心望着三千万同乡人日受屠戮之惨。"说时猛然从怀中拔出一杆手枪来，对准他自己的太阳穴，要扳机子。

蓝仙果忙伸手将手枪夺过来说道："何必如此！我定同你去就是了，你以为我不肯同你去，是有意高蹈，殊不知我有很多的难处。我明白你定要拉我出来的意思，无非因为略懂得一点儿道法，以为可以利用这点儿道法，在两军交战的时候，暗助一阵；其实这是办不到的事。"

叶能珂听了，仿佛吃惊的神气问道："何以是办不到的事呢？"蓝仙果道："办不到的原因，不止一个，总而言之办不到就是了！庚子年的义和团，能枪炮不入，并不是骗人的话，西太后是何等精明的人，这种枪炮不入的不近情理之谈，若不曾当面试验有效，岂肯轻易相信？至于端王他本人的拳脚功夫，是杨班侯传授的，在当时没有对手，义和团神拳之说，若不在端王面前试验有效，端王又不是一个乡下小孩子，何至于相信到那一步呢？八国联军所持的就是枪炮，义和团的人应该不怕，然其结果一般的被打得血肉纷飞，即此可知道法在平日尽管灵验，一到两军对垒的时候，便不能作用了。"

叶能珂道："我们要借重你的地方很多，如果不能用道法助阵，不用就是了。"蓝仙果推辞不得，只好同叶能珂到郴州。

当时湘军中一般官长，对他无不推崇备至，但是问他吉凶休咎的话，他并不肯直说。只有刘建藩战死的这一次，事前他曾说了，这次战争可望胜利，只是须损一员大将。几个高级军官，知道他有飞剑杀人的本领，三番五次的诚恳要求他帮助一阵，他始终不肯答应。

一次北军由张怀芝带了两师人来攻攸、醴，赵恒惕迟疑不能决，遂亲自到蓝仙果的住处，将情形对蓝仙果说了，请他占一课，看是战的好呢，还是退的好？蓝仙果即时占了一课说道："用不着退却，一战包可胜敌！"赵恒惕笑问道："蓝先生能保险么？"蓝仙果正色答道："若干万生命所系，岂敢儿戏？准备迎敌便了，一定打胜仗。"

赵恒惕因此才决心一战，立刻回司令部发号施令，分左右两翼应战，赵恒惕自当中路。湘军虽能奋勇，无奈子弹缺乏，两翼仅支持了一昼夜，就没了子弹，不能不溃退。两翼既退，中路如何能独支得住？把个赵恒惕急得什么似的，在无可奈何之际，便又到蓝仙果的住处说道："蓝先生是主战的，说一定打胜仗；于今两翼都不能支持的退了，我们中路还是战的好呢，还是退的好呢？"

不知蓝仙果退了这话，如何回答，且俟第十六回再写。

第十六回

奇术巧施转败为胜　重谴立降非人实天

话说赵恒惕这话虽说得很和平，然埋怨蓝仙果的神气，已完全露在面上了。蓝仙果绝不踌躇的愤然立起身说道："战，战，战！我陪司令一同督战去，不胜有我在。"说罢，挽了赵恒惕的手，往外便走，率了一连卫队，直到前线督战。

前线的兵士，本已支持不住，将要退败的，因见赵恒惕亲自带了蓝仙果前来督战，不知不觉的增加了勇气，抵住北军死战。不过北军中也似乎看见赵恒惕到了前线，益发增加了几门大炮，专向赵恒惕、蓝仙果同立的一座小山头轰来。

一颗炮弹从赵恒惕头顶上飞将过去，落在背后田里，炸成了一个丈多口径的大窟窿，泥屑直溅到赵恒惕身上。有一颗炮弹的碎片，将赵恒惕身边的一个马弁，两腿炸断了，赵恒惕虽则是身经百战的勇将，然到了这步田地，总不免有点儿胆寒。而敌人炮火的力量，更一阵密似一阵的增加了，不由得用失望的眼光，望着蓝仙果说道："蓝先生看怎么办？死伤太多，怕不能不退了。"

蓝仙果脸上忽然改变了颜色，横眉怒目的望着敌军那方面，口中好像念着咒语，只见他脚尖一动，随即挥手向赵恒惕道："我已将敌人的炮口移换了方向，赶紧冲锋过去，可以大获全胜。"

赵恒惕听炮声果然稀少了，且不见有一颗炮弹飞过来，遂亲自督队冲锋。这一仗毕竟转败为胜，杀死北兵一千五六百名，俘虏二千余，获野战炮十多尊，北兵退三十多里还不敢住脚。据俘虏的军官说："正在炮战剧烈的时候，十几尊大炮，忽然无端歪倒了，多少人扶不起来。刚待报告炮兵司令，这边的兵已冲锋过去了，措手不及，只得各自弃下大炮逃跑。"

湘军中官佐听了这种供词，益发钦敬蓝仙果如天人。但是蓝仙果自从前线回到住处，就闷闷不乐的不大言笑，仿佛心中有重大忧虑之事。一般湘军官长问他为什么事这么忧虑，他只摇头说没有什么忧虑的事。唯对林支宇及叶能珂说道："我甚悔此行太孟浪，然于今已没有方法可以挽回了，就为前日助阵一事，已遭天谴，幸尚有半年可活，足以勾当我生平未了的事。"

林、叶二人听了吃惊问道："只助了一阵，先生并不曾动手杀伤敌人，何以便遭天谴？"蓝仙果道："我岂肯向两位说假话，我辈修道必先练就剑术及各种法力，并不是为要对肉体凡夫使用的，如果可以拿剑术及各种法力，对付肉体凡夫，那么只要有我一个人，就足够对付在湖南的北兵而有余了。为的是修道的人，无论深藏在什么地方做功夫，照例有种种魔障前来妨碍进步，剑术法力，是在这时候使用的。因妄用剑术法力，以致伤害了凡人生命，无不立遭天谴。此中利害，我早已知道，其所以不愿意跟叶先生出来，就是为明知叶先生看得起我，并不是看得起我本人，乃是看得起我的剑术、法力。我使用则得罪于天下，不使用则得罪于人，左右为难，只以不出来为好。无如你叶先生不知道我为难之处，亲自来舍间坐守，逼得我不能不出。然我抱定了主意，出来尽管出来，决不轻易使用剑术和法力。想不到这次因一念私心作祟，以致铸成大错，虽追悔如何来得及啊？"

叶能珂问怎么是一念私心作祟，蓝仙果叹道："这回的战争若发生在外省，便是叶先生到我家坐守，也不能逼我出来；若战争火线不在攸、醴境内，不怕桑梓地方再受北军糜烂，也不致弄到今日的结果。因存了怕桑梓糜烂，希望湘军胜利的念头，占课也就得了胜利之兆。或战或走的关系，何等重大？赵司令既取决于我一句话，我岂可不负责任的乱说。我平日占课，从无不验之事，所以敢大胆主战。谁知就因心中有一点希望湘军胜利的私念，占出课来也随着念头转移了。若果为我主战的一句话，使湘军丧师失地，使家乡地方受敌人蹂躏，教我此后如何做人？我知道赵司令同立在那小山上，正当情势危急的时候，赵司令问我怎么办，我这时明知助战必遭天谴，但也顾不得了。原打算吐剑出来，向敌军横扫一阵，如敌军不该死在飞剑之下，剑一到喉管中，便横梗不能动了，至今喉管刺痛。当时只得发愿以身相殉，才得将敌军的炮口移动。此生既是仅有半年的寿命了，未了的事尚多，委实不能再在军中效力了。并且我有一个同道的朋友，已从汉口动身到醴陵来访我，快要到醴陵了，我更不能不回家等候，就此与二位先生告别了。"

叶能珂心里很不安的说道："我真害了你了，难道就不能禳解吗？"蓝仙果摇头笑道："与你有何相干？牺牲我一条性命，能使湘军不致丧师失地，家乡地方不受敌人蹂躏，也算死得很有价值的了。孔夫子说过的：'获罪于天，无所祷也！'只是这些话毋须说了，我这回从军，和两位相处得最密，也是有缘，此时别离在即，后会无期。我凭着一线之明，想援临别赠言之例，赠两位几句话，望两位记在心里。"

林、叶二人很高兴的静听，蓝仙果先对叶能珂说道："你近年的命运，不甚佳妙，最好不在军政两届讨生活，家居五年之后再出来，便是一路坦途，没有妨碍了。"叶能珂点头笑道："当军人的在战争的时候，危险自是时刻难免的，只是何能由我家居不出来呢？"

蓝仙果道："当军人的能死在火线上，是极端荣幸的事，所可虑的，就是不死在敌人之手，而死在自家人手里，那便不值得了。"随即掉转脸对林支宇道："你此后的运命，也不甚佳，不过比较叶参谋长的好些。此去五年之后，最好也要家居两年不问国事，过了那两年，方可望事业成就。运命如此，是勉强不来的。"说毕即起程回渌口。

湘军中官长虽不舍得放他走，然既知道他因助战受了天谴，也就不便强留了。叶能珂虽是很相信蓝仙果，但因不能遵守他的临别赠言，后来毕竟在别后第四年，因程、赵之争，被赵恒惕杀了。临死时方想起蓝仙果"死在自家人手里，不值得"的话，已是追悔不及了。

　　蓝仙果回渌口的这日，正是周神仙带了熊静藩到渌口的这日。二人竟像约会了的，在路上相遇了，一同到蓝家，在蓝家住了几日，仍回汉口。在船上无事，周神仙才将蓝仙果助战遭天谴的话，详详细细说给熊静藩听。

　　熊静藩计算时日，周神仙在汉口邀他一同动手到湖南来的这日，正是蓝仙果助战大破北军的第二日，那时周神仙，便已知道蓝仙果犯了天谴的事了。可见他们这类异人，对于千里以外的事，有如目睹一般。

　　此外还有许多现代奇人，留待将来有空的时候，再把他们的事迹，细细叙述出来，本书却就在此暂告结束了。

全书完